J. A. Buckle

Freaks und Frettchen

Aus dem Leben eines kün
Superstars

cbj

© Jackie A. Buckle

DIE AUTORIN

J. A. Buckle hat Zoologie studiert und arbeitet für die Drogenhilfe DrugScope. Neben dem Schreiben gestaltet sie Websites, engagiert sich in Tierschutzorganisationen, spielt Gitarre und geht mit ihren Hunden spazieren. Sie hat zwei Kinder im Teenageralter und lebt in Surrey, im Süden Englands.

J. A. Buckle

Freaks und Frettchen

Aus dem Leben eines künftigen Superstars

Aus dem Englischen
von Henriette Zeltner

cbj

Dieses Buch ist auch als E-Book erhältlich.

FSC
www.fsc.org
MIX
Papier aus verantwortungsvollen Quellen
FSC® C014496

Verlagsgruppe Random House FSC® N001967

1. Auflage
Deutsche Erstausgabe Mai 2016

Die Originalausgabe erschien 2014 unter dem Titel »Half my facebook friends are ferrets – The Diary of a wannabe metalhead … and a ferret« bei Curious Fox, London.

Aus dem Englischen von Henriette Zeltner
Umschlaggestaltung: bürosüd, München
www.buerosued.de, nach der Vorlage von © Switch Press, einem Imprint von Capstone 2014 mit einer Hintergrundillustration von buerosued
kk · Herstellung: ReD
Satz: Buch-Werkstatt GmbH, Bad Aibling
Druck: GGP Media GmbH, Pößneck
ISBN: 978-3-570-40322-8
Printed in Germany

www.cbj-verlag.de

Für Sophie und Jasmine,
weil ihr meine Inspiration seid

Montag, 6. Januar – noch sechs Monate bis zu meinem sechzehnten Geburtstag

10.20 Uhr: Tiefer Kerker (auch bekannt als: Englischtrakt)

Heute muss ich in der Schule ein Referat halten. Es zählt für meine Abschlussprüfung, also sollte ich mich wohl anstrengen. Unsere Englischlehrerin Mrs Barber weigert sich zu verraten, wie viel es zählt, was mich ein bisschen misstrauisch macht. Es würde mich nicht wundern, wenn es weniger als ein halbes Prozent wäre.

Mein Referat sollte aber zumindest interessant sein. Bisher hatten wir »Nail Art im Wandel der Zeiten«, »Die Stilikone Cheryl Cole« und »Essen für einen gesunden Teint« auszuhalten. Trotzdem frage ich mich immer noch, ob ich mit der Themenwahl richtig liege. Ursprünglich hatte ich drei Ideen:

- Frettchen. Ihre Rolle in der modernen Gesellschaft
- Die pentatonische Dur-Tonleiter und ihre Verwendung bei improvisierten Riffs
- Die satanischen Ursprünge von Death Metal

Ich entschied mich für das letzte, weil es mir am spannendsten vorkam, aber jetzt frage ich mich, ob es nicht etwas zu spannend war. Vor allem für Mrs Barber, die kurz vor der Pensionierung steht und Herzbeschwerden haben soll.

»Wer kommt als Nächster an die Reihe?«, sagt Mrs Barber und schaut auf ihre Liste. »Ah ja, Joshua. Komm nach vorn, mein Lieber.«

Mrs Barber winkt mich zu sich, und plötzlich bemerke ich das Medaillon mit dem Heiligen Christophorus um ihren Hals. In meiner PowerPoint gibt es Bilder von brennenden Kirchen!

Um mich zu beruhigen, hole ich ein paar Mal tief Luft und erinnere mich an Ollies Rat, mir alle im Raum nackt vorzustellen. Leider sitzt Charlotte Anderson in der ersten Reihe, und mir sie nackt vorzustellen, sorgt unten für eine gewisse Unruhe. Das wäre ja nicht schlimm, wenn meine Hose nicht so eng sitzen würde, aber Mum weigert sich, neue zu kaufen. Wegen unserer »finanziellen Schwierigkeiten«.

»Hast du eine PowerPoint-Präsentation?«, fragt Mrs Barber.

»Verzeihung! Äh, ja, ähm. Ja, hab ich«, gebe ich zu.

»Ausgezeichnet«, sagt sie. »Dann bekommen wir ein paar hübsche Bilder zu sehen.«

»Stimmt … so was in der Art …obwohl, eigentlich nicht.«

Mrs Barber schaut ein wenig verunsichert. »Worum genau geht es in deinem Referat, mein Lieber?«

15.50 Uhr Mitten auf irgendeiner Straße

»Super Referat«, sagt Ollie auf dem Heimweg. »Vor allem als du das Bild von dem Dämon mit den drei Schwänzen gezeigt hast und Mrs Barber die Panikattacke gekriegt hat.«

»Danke, Ollie«, sage ich. »Verdammt! Ich wusste, ich hätte das Frettchenthema nehmen sollen.«

»Ich würde mir keine Gedanken machen«, labert Ollie weiter. »Mrs Barber wird schon wieder. Ein kurzer Aufenthalt im Krankenhaus wird ihr bestimmt guttun.«

Ich verabschiede mich an der Ecke seiner Straße von Ollie und latsche nach Hause. Zum Glück ist keiner da, um mich zu fragen, wie dieser Albtraum von einem Referat gelaufen ist. In meinem Zimmer begrüße ich Ozzy, mein Frettchen, und greife unters Bett, um das riesige, in Leder gebundene Buch hervorzuholen, das Mum mir geschenkt hat. Jaa, ich weiß – manche Leute kriegen zu Weihnachten PlayStations. Ich kriege ein Notizbuch.

Damals versuchte Mum, ihr Geschenk zu »pimpen«, indem sie sagte: »Es hat zweihundert Blatt extra-hochwertiges Papier!«

»Toll«, sagte ich.

»Da kannst du von beiden Seiten mit Tinte draufschreiben, und nichts scheint durch.«

»Episch, Mum, echt episch.«

»Aber das Wichtigste daran ist«, redete sie weiter, »dass das wie ein Ventil sein kann, Josh. Als ich jung war, habe ich alle schlimmen Dinge, die passiert sind, in so ein Buch geschrieben und mich danach viel besser gefühlt. Ich bin die ganze Wut, die destruktiven Gefühle, losgeworden.«

Vielleicht solltest du dann wieder mit dem Schreiben anfangen, dachte ich, aber ich nickte bloß und legte das Buch zu meinen anderen Geschenken (einer weihnachtlich verpackten weißen Toblerone und Gelstiften mit Duft).

Jetzt frage ich mich, ob ich es für seinen vorgesehenen Zweck benutzen soll. Ich brauche nämlich irgendeine Art Ventil. Also schlage ich das Buch auf und mache eine Liste der Sachen, die in meinem Leben mies sind. Sie ist nicht vollständig – das würde ja Stunden dauern –, aber es ist wenigstens mal ein Anfang:

Sachen, die in meinem Leben mies sind:

1. Ich bin 15 ½ und noch nie geküsst worden. Außer man zählt meine Oma, Mum, Mrs Stokes, Tante Sarah, Ollies Labrador Bongo und meine Cousine Anna mit. Bongos Kuss war auch mehr ein Abschlabbern.
2. Ich sehe aus wie ein Nerd, dabei hab ich noch nicht mal eine Brille.
3. Wir haben finanzielle Schwierigkeiten.
4. Meine Mutter ist der strengste Erziehungsberechtigte auf dem ganzen Planeten.
5. Mädchen halten mich für einen Idioten ...

Gut. Ausgezeichnet.

Fühle ich mich in irgendeiner Form besser?

Nein.

Dienstag, 7. Januar

13.10 Uhr: Kunstrasen auf dem Schulsportgelände mit Peter, Davey und Ollie

»Schaut mich mal an«, sage ich, »würdet ihr sagen, dass ich ein bisschen wie ein Nerd rüberkomme?«

»Nö«, sagt Ollie. »Du bist zu dämlich für einen Nerd.«

»Danke«, sage ich. »Aber ich meine, wenn du das nicht wüsstest?«

»Also ich würde eher schätzen, dass du ein Geek bist«, sagt Davey.

»Ein Geek! Davey, wenn irgendeiner ein Geek ist, dann du.«

»Äh, ich mag ja alles Mögliche sein, aber bestimmt kein Geek.«

»Ein bisschen schon«, sage ich.

»Nur weil ich eine Brille trage …«

»Was ist mit deinem Becher mit dem Periodensystem?«, erinnere ich ihn.

»Das war ein Geschenk.«

»Die Quiz-Bücher für die University Challenge?«

»Da hatte ich nur so eine Phase.«

»Das Poster von der Apollo 13 an deiner Tür?«

Davey hebt die Hände. »Okay, du hast mich entlarvt.«

»Wie auch immer«, sagt Ollie, »ich finde es gar nicht so schlimm, ein Nerd zu sein. Ich hab sogar mal ein Mädchen gesehen, die hatte ein Sweatshirt an, auf dem stand, ›I love

Nerds‹. Zumindest glaube ich, dass das da stand. Es war nämlich wegen ihres Riesenvorbaus nicht so leicht zu lesen.«

»Stimmt«, sage ich.

»Die Buchstaben waren irgendwie verzerrt.«

»Ja, Ollie, wir haben's verstanden.«

»Also, ich finde jedenfalls«, meldet Peter sich zu Wort, »was auch immer du bist, du solltest stolz darauf sein.«

»Mein Gott, Peter«, sagt Ollie, »das ist so schwul.«

»Ich weiß«, sagt Peter fröhlich.

Mittwoch, 8. Januar

16.45 Uhr: Allerheiligstes (auch bekannt als: mein Zimmer)

Die Schule schien heute ewig zu dauern, aber als ich in meine Tasche schaute, stellte ich fest, dass es immer noch nicht vorbei war, denn ich musste noch einen Haufen Matheaufgaben fertig machen! Unser Lehrer Mr Cain glaubt offenbar, dass keiner von uns was Besseres zu tun hat, als den ganzen Abend über Dezimalrechnungen zu schwitzen. In meinem Fall könnte das sogar zutreffen, aber das braucht er ja nicht zu wissen.

17.20 Uhr

Das Telefon klingelt und ich renne die Treppe runter. Es ist Davey. Warum er nicht wie ein normaler Jugendlicher eine Whatsapp schicken kann, ist mir ein Rätsel.

»Hast du Mathe schon gemacht?«, fragt er.

»Ein bisschen was davon«, sage ich.

»Ich kapier's nicht.«

»Was kapierst du nicht?«

»Gar nichts!«

Davey klingt verzweifelt, aber das bin ich schon gewöhnt. Er weiß, wie emotionale Erpressung funktioniert, aber das klappt nur bei seiner Mum, nicht bei mir.

»Tja, dann solltest du vielleicht mal Mr Cain fragen«, sage ich.

»Hä?«

»Mr Cain. Unseren Mathelehrer.«

»Aber dann merkt er, wie dämlich ich bin und stuft mich runter. Und bei den Prolls halte ich es keine zehn Minuten aus, Josh!«

Ich kann jetzt Davey so rasch ins Telefon atmen hören, als habe er gerade den Mount Everest bestiegen. Oder in Daveys Fall: den Flur bei sich zu Hause durchquert.

»Nur die Ruhe, Davey«, sage ich. »Gehen wir's mal langsam durch. Was du tun musst, ist Folgendes –«

»Kannst du mir nicht einfach die Ergebnisse durchgeben?«

»Was?«

»Im Fernsehen läuft gerade *Hollyoaks.*«

17.30: Zurück im Allerheiligsten

Ich bin zu gut für diese Welt, das ist das Problem. Sogar Ozzy nutzt meinen wunderbaren Charakter aus. Im Moment tummelt er sich auf meiner Schuluniform und hinterlässt dabei so viele schwarze und weiße Haare, dass jeder Asthmatiker Albträume kriegen würde. Manchmal hinterlässt er auch den Geruch von Frettchenfutter. Danke Ozzy. Wenn meine Hose nach Leber riecht, wirke ich bestimmt so richtig anziehend auf das andere Geschlecht!

Donnerstag, 9. Januar

15.15 Uhr: La Bastille (auch bekannt als: Französischkurs)

Madame Zizi, unsere Französischlehrerin, hat uns gerade gesagt, wir sollen einen Absatz über unsere Familie schreiben. Aber weil ich nicht weiß, was »lächerlich cholerische Psychopathen« auf Französisch heißt, dürfte das schwierig werden. Madame Zizi meint, wir könnten den Absatz auch zu Hause fertig schreiben.

Ob ein Satz wohl als Absatz zählt?

Absolut, und das bedeutet, ich kann den ganzen Nachmittag zur Musik von Megadeath chillen und ein cooles CD-Cover für mein Album designen. Jawoll!!

Wenn man mich so sieht, würde man mich nie im Leben für einen Metalhead halten. Ich schaue eher aus, als wäre ich von Abba oder dem Männergesangsverein Cardiff als von Morbid Angel oder Slayer. Das liegt daran, dass meine Mum darauf besteht, dass meine Haare kurz bleiben und ich den am wenigsten modischen Haarschnitt trage, den die Menschheit kennt. Sie hält auch schwarze T-Shirts für satanisch. Meine Mutter ist die verklemmteste, nonnenartige Person, die ich kenne. Wie sie es geschafft hat, Kinder zu kriegen, ist mir schleierhaft.

18 Uhr: Küche

Im Moment kümmert sich Mutter Oberin um die Bedürfnisse der verschiedenen Leute, für die sie zuständig ist, also bereite ich mir selbst einen köstlichen Nachmittags-Snack aus Cornflakes und Chips der Geschmacksrichtung Smoky Bacon zu.

Ich bin gerade fertig und noch mit der Frage beschäftigt, ob es schlecht ist, vier Schüsseln Cornflakes hintereinander zu essen, als Mum und meine Schwester reinkommen. Meine Schwester kickt die Stilettos von den Füßen und lässt sich auf den Stuhl mir gegenüber fallen. Sie sieht aus, als hätte sie mit dem Föhn gekämpft, aber da ich nicht als männliche Jungfrau sterben will, komme ich zu dem Schluss, das nicht laut zu sagen.

»Schönen Tag bei der Arbeit gehabt, Maddie?«, sage ich.

»F*** dich«, erwidert sie.

Ich habe eine On/Off-Beziehung zu meiner Schwester.

Meistens off.

Mum schiebt Sachen im Kühlschrank herum.

»Sag bloß, jemand hat die ganze Milch aufgebraucht«, murmelt sie.

»Ich war's nicht«, sage ich und schiebe meinen Matheordner vor meine Cornflakesschüssel.

»Mrs Hughes, die am Ende der Straße wohnt, hat einen Kühlschrank, der dich warnt, wenn die Milch zu Ende geht«, sagt Maddie.

»Hat sie?!«, sagt Mum.

»Der gehörte zu der Küchenrenovierung für zehntausend Riesen.«

Ich werfe Mum einen mitfühlenden Blick zu, aber sie hat sich schon umgedreht, um den Teekessel mit Wasser zu füllen.

Traurigerweise würden wir allein zehn Riesen brauchen, um unser Haus auf Substandard zu bringen. Nicht dass es schmutzig wäre oder so, es ist nur einfach in einer Zeitschleife in den Siebzigern hängen geblieben. Wir könnten Geld damit machen, es als Museum der Öffentlichkeit zugänglich zu machen.

»Und hier sehen Sie echte Tapeten aus den Siebzigern. Beachten Sie das kugelförmige Muster in den Schattierungen von angebranntem Umbra. Kotztüten finden sich zu Ihrer Rechten.«

Es funktionieren auch eine Menge Dinge nicht. So habe ich zum Beispiel wegen der einen Meter hohen Schneewehen in unserem Tiefkühler aufgehört, Fischstäbchen zu essen. Und als ich das letzte Mal versucht habe, den Backofen zu benutzen, hätte ich mich fast selbst eingeäschert.

Mum sagt, das passiert eben, wenn kein Mann im Haus ist. Das ist ein bisschen kränkend, wenn man bedenkt, dass ich fast sechzehn und eindeutig männlichen Geschlechts bin. Aber ich weiß, was sie meint. Dad ist nicht da, das ist es, was sie meint.

Samstag, 11. Januar

10.45 Uhr: Allerheiligstes

Heute ist Ozzys Badetag. Als ich sein Handtuch und das Frettchenshampoo raushole, beobachtet Ozzy mich misstrauisch mit seiner schwarzen Banditenmaske. Er lässt sich nicht gern waschen.

11.10 Uhr

Das Bad sieht aus wie nach einem Tsunami. Meine Klamotten sind triefend nass. Ich habe ein paar tiefe Schrammen an den Innenseiten meiner Arme und eine Beule am Kopf, wo ich gegen das Waschbecken geknallt bin.

Aber Ozzy ist jetzt sehr sauber!

Und er ist sehr sauer.

Sonntag, 12. Januar

15.30 Uhr: Bei Mr Pitman zu Hause

Ich bin jung, leide nicht an irgendwelchen gesundheitlichen Problemen und bin »eine finanzielle Belastung«, was nach Mums Ansicht bedeutet, dass ich arbeiten soll. Es kümmert sie nicht, dass ich Hausaufgaben machen, Ozzy baden, mein Facebook-Account updaten und die Accounts von anderen ausspähen muss, um zu erfahren, was für tolle Sachen sie machen, und richtig neidisch zu sein. Das genügt meiner Mum noch nicht. Wenn es nach ihr ginge, müsste ich um fünf Uhr früh im Schnee Rüben stechen. Sie zwingt mich sogar, etwas noch Schlimmeres zu tun – Mr Pitman helfen.

Mr Pitman wohnt weiter hinten in unserer Straße und leidet an Arthritis. An schlechten Tagen kann er sich kaum bücken und seine Socken anziehen. Seit seine Frau ihn im letzten Jahr verlassen hat, putzt Mum bei ihm und erledigt seine Einkäufe. Und da Mum große Klasse darin ist, mir ein schlechtes Gewissen zu machen, damit ich irgendwas tue, was sie will, führe ich seinen Hund aus (einen kläffenden Yorkshire-Terrier). Ich mähe auch seinen Rasen und spiele Schach oder an sehr deprimierenden Tagen mal Mensch-ärgere-dich-nicht mit ihm. Da gewinnt Mr Pitman immer, weil ich, selbst wenn ich mich noch so bemühe, keine Begeisterung für Mensch-ärgere-dich-nicht aufbringen kann.

Vielleicht wenn es Strip-Mensch-ärgere-dich-nicht mit Megan Fox wäre … Aber egal, wo war ich stehen geblieben? Ach ja, ich muss mein grünes Spielfigürchen weiterrücken. Mr Pitman würfelt so schwungvoll, dass der Würfel vom Tisch und in Mintys Körbchen hüpft (Minty ist der Hund).

»Hoppla, 'tschuldigung«, sagt Mr Pitman, als ich in Mintys vollgehaarte Decken tauche.

»Grrr«, sagt Minty.

»Sie tut dir nichts«, sagt Mr Pitman. »Sie ist doch nur so ein kleines Ding.«

Ja, aber ihre Zähne sind spitz wie Injektionsnadeln, möchte ich fast sagen, aber Minty hat sich daran erinnert, dass ich ihr Passierschein hinaus aus dieser Hölle oder Höhle bin, also widersteht sie der Versuchung, mir das Gesicht zu zerfleischen.

»Du bist dran«, sagt Mr Pitman.

Es ist Wochenende, und eigentlich sollte ich gerade allen möglichen Teenie-Unfug anstellen. Stattdessen sitze ich hier und fürchte, mein Gehirn wird wegen Beschäftigungsmangel jeden Moment implodieren. Ich würfle eine Zwei.

»Pech«, sagt Mr Pitman.

Montag, 13. Januar

9.35 Uhr: Turm des Schreckens (auch bekannt als: Mathetrakt)

Das Haus von Mr Pitman ist deprimierend, aber nichts im Vergleich zur Schule. Wenn noch ein Mensch zu mir sagt: »Freu dich, Junge, das ist die beste Zeit deines Lebens!«, dann könnte es sein, dass ich denjenigen niederschlagen, Elektroden an seinen empfindlichsten Stellen befestigen und ein paar Tausend Volt durch seinen Körper jagen muss. Das ist nämlich mit Sicherheit NICHT die beste Zeit meines Lebens. Oder zumindest will ich das verdammt noch mal schwer hoffen!

Heute in Mathe hat mir beispielsweise Mr Cain mitgeteilt, dass er mir eine Sechs auf meine Hausaufgabe geben muss, weil meine Schrift so schlecht wäre. »Du bist jetzt fünfzehn, Joshua«, sagt er. »Inzwischen solltest du in der Lage sein zu schreiben.«

Da kann ich nur sagen: Sie sind fünfzig, Mr Cain, Sie sollten in der Lage sein zu lesen!

Aber ich nicke nur und verspreche, das Ganze noch mal abzuschreiben.

10.45 Uhr: Platz der Albträume (auch bekannt als: Schulsportgelände)

Jetzt haben wir Sport, und Lydia Smart ist gerade auf mich zugegangen und hat gesagt: »Bei Hannah Harrigan gibt's am Samstag eine Party. Aber mach dir keine Gedanken darüber, ob du kommst, du bist nämlich nicht eingeladen.«

Was sollte das dann? Sie ist also über den ganzen Platz gelatscht, nur um mir das zu sagen.

An dieser Schule gibt es Mädchen, die sind richtig fies. Neben ihnen wirkt Simon Cowell wie Gandhi. Nicht dass ich Lust gehabt hätte, auf Hannah Harrigans Party zu gehen. Ihr Dad ist irgendein hohes Tier bei der Polizei. Wahrscheinlich steckt er einen gleich in den Knast, wenn man ein Erdnussflip fallen lässt.

Davey kommt, stellt sich neben mich und gemeinsam sehen wir zu, wie die beiden Mannschaften am einen Ende des Spielfelds zusammentraben, kein Tor fällt, und sie dann alle ans andere Ende traben.

Keiner wirkt besonders begeistert, bis auf Mr Cox, den Sportlehrer. Sein Geschrei muss bis nach Frankreich zu hören sein.

Davey wischt sich die Nase am Saum seines Sport-T-Shirts ab und sagt: »Hat Hannah dich zu ihrer Party eingeladen?«

»Nein«, sage ich. »Sie hat mich extra ausgeladen bzw. hat das ihr hirnloser Kumpel Lydia gemacht.«

»Mich auch«, sagt Davey.

Ich schaue ihn an, wie er in seinem XXL-T-Shirt bibbert. »Mach dir nix draus«, sage ich, »Mädchenpartys sind sowieso eine lahme Sache.«

»Woher weißt du das?«

»Na ja, genau weiß ich es nicht. Aber es muss so sein. Ich meine, die kichern doch bloß und machen sich gegenseitig die Nägel.«

»Ja, aber es werden auch Jungs dabei sein«, sagt Davey. »Fast alle Jungs aus unserer Klasse gehen hin.«

»Echt?«, sage ich.

Mr Cox winkt uns aufs Spielfeld. »Auswechseln, ihr faulen Säcke!«, brüllt er. Wenn man die Augen schließt, kann man sich vorstellen, in einem Ausbildungslager im Irak zu sein. Natürlich abgesehen vom Regen, Matsch und der extremen Kälte. Ich stelle fest, dass Lydia in der Abwehr spielt. Das passt. Ich nehme mir vor, ihr vor Spielende noch zweimal ordentlich in die Hacken zu treten. Mindestens.

Fast alle Jungs aus unserer Klasse. Was für ein blöde Kuh.

17.45 Uhr: Allerheiligstes

Ich komme spät nach Hause, weil ich noch dableiben und Laub vom Kunstrasen rechen musste. Von Mr Cox' Weihnachtsgeschenke-Liste bin ich definitiv gestrichen. Er hat einen blauen Fleck von der Größe des Jupiters auf seinem Schienbein. Aber wie konnte ich denn wissen, dass er sich genau in dem Moment dazwischen wirft, als ich Lydia einen ordentlichen Tritt verpassen wollte. Selber schuld, wenn er so engagiert ist.

Dienstag, 14. Januar

17.00 Uhr: Allerheiligstes. Beim Schreiben in mein ledergebundenes Notizbuch

Habe keinen Respekt vor Lydia Smart
Bei Mädchen wie ihr bleibt mein Herz steinhart
Müsste ich wählen zwischen ihr und dem Tod
Schaufelt' ich mein Grab und hielt die Luft an ohne Not
Aus dem Album: *Kein Respekt für Lydia Smart* von Joshua Walker

Stimmt, im cool aussehen, Frauen beeindrucken und Einladungen kriegen bin ich ziemlich mies. Aber dafür bin ich an der Gitarre der Crack!

Das einzige Problem besteht darin, dass ich wegen der »finanziellen Schwierigkeiten« keine Randy Rhoads Flying V Jackson für um die fünfhundert Pfund mit blauer Sonderlackierung in Flammenform, Ebenholz-Griffbrett und Einlegearbeiten aus Perlmutt in Haifischflossen-Form kriege. Genau genommen, kann ich nicht mal eine E-Gitarre haben. Mr Trumper, der Musiklehrer an der Schule, meint, meine Akustikgitarre sei ein ausgezeichnetes Einstiegsinstrument. Nicht klar ist ihm allerdings, dass meine akustische ein Kinderinstrument in Dreiviertelgröße und mit Nylonsaiten ist. Die ist toll für *Greensleeves* aber Müll für *Highway to Hell.*

Aber egal, ich spiele jedenfalls ein Stück von dem klassischen Meisterwerk *Spanische Romanze,* was ich ziemlich gut kann. Dann will ich gerade mein Buch *Death Metal für Dummies* von Wladimir Axtschleifer konsultieren, als Ozzy dazukommt, anfängt herumzuspringen und am Einband zu nagen.

Ozzy kennt keinen Respekt: Dabei ist Wladimir eine Ikone des Gitarrenunterrichts für Death Metal.

Es klingelt an der Tür und ich laufe nach unten. Davey steht mit rotem Kopf auf der Veranda. Zusammen mit seinem Kurzhaarschnitt und seinem rundlichen Gesicht hat er was von einer besorgten Roten Beete.

»Ich hasse Mädchen«, sagt er.

Ich nicke und denke mir, dass vielleicht Lydia oder Hannah eine gemeine Bemerkung über seine riesige Nase, eitrigen Pickel oder die furchtbare Frisur gemacht hat.

Da stößt Davey mich vor die Brust. »Willst du mich nicht fragen, ob ich reinkommen will?«, sagt er.

»Sorry«, sage ich. »Komm mit rauf.«

Oben lässt Davey sich schwerfällig auf mein Bett fallen, was mich erschreckt. Denn sollten die Beine abbrechen, werde ich die nächsten zehn Jahre auf dem Boden schlafen müssen.

»Ich wünschte, ich wäre wieder zwölf«, sagt er.

Ich hebe fragend die Augenbrauen.

»Ich hasse es, ein Teenager zu sein.«

»Äh …«

»Ich hasse diese … du weißt schon … diesen Trieb.«

Ich weiß schon, was als Nächstes kommt. Einer der schlimmsten Aspekte am Teenager-Sein ist, dass Mädchen (oder zumindest ein paar von ihnen) anfangen, gut auszusehen. Ich fand es auch besser, als sie noch nervige kleine Möchtegern-Prinzessinnen waren, die mit eisverschmierten Gesichtern und putzig angezogenen Barbiepuppen rumliefen. (Das bezieht sich auf meine Cousine Anna, die echt eigenartig und wahrscheinlich nicht repräsentativ für die meisten kleinen Mädchen ist.)

»Mum wird nie mehr ein Wort mit mir reden«, erzählt Davey weiter.

»Was ist denn passiert, Alter?«

»Das wird sie mir nie verzeihen …«

»Davey! Was? Ist? Passiert?«

Passiert war, dass Davey beschlossen hatte, die Dinge in Bezug auf seine Triebe selbst in die Hand zu nehmen … wortwörtlich! Er hatte sich also auf seinem Bett ausgestreckt, die Augen zugemacht, sich den Kopfhörer aufgesetzt, um irgendwelche Musik zu hören, und dann … nun ja … losgelegt.

Tja, kurze Zeit später dachte er sich: Hey, jetzt hätte ich Lust auf was hübsch Heißes zu trinken. Er schlug die Augen auf und da stand auf seinem Nachttisch ein Becher mit dampfend heißem Tee!

»Bist du dir sicher, dass der nicht schon vorher da stand?«, frage ich ihn. »Vielleicht hast du nur vergessen, dass du ihn dir gemacht hattest.«

»Hab ich nicht vergessen.«

»Du hattest doch ganz andere Sachen im Kopf«, wende ich ein.

»Josh, entweder habe ich atemberaubende telepathische Fähigkeiten entwickelt … oder meine Mutter hatte ihn Minuten vorher reingebracht.«

»Oh«, sage ich nur. »Iiih!«

»Danke!«

Ich habe Mitleid mit Davey, aber wenigstens versteht seine Mum was von Männern und deren Trieben. Meine Mum kapiert nichts. Wenn sie mich dabei überraschen würde, dass ich so was mache, würde sie mich in irgendein tibetisches Kloster schicken, um dort kastriert, geköpft oder sonst was zu werden.

Wenn Dad da wäre, wäre es einfacher, aber Dad wird nie da sein. Mein Dad starb, als ich noch ein Baby war. Er arbeitete auf einer Bohrinsel in der Nordsee. Seltsamerweise starb er aber nicht bei irgendeinem schrecklichen Bohr-Unfall, sondern an einer schlichten Herzattacke. Wie sich herausstellte, hatte er einen angeborenen Herzfehler, von dem keiner was gewusst hatte. Zum Glück haben meine Schwester und ich den nicht, oder wenigstens behauptet Mum das. Dad starb jedenfalls mit gerade mal einunddreißig, also wird er immer so jung, cool und superstark aussehen wie auf dem Foto, das auf dem Schränkchen im Flur steht.

Ich schicke Davey mit der Überlegung wieder nach Hause, dass es noch schlimmer hätte kommen können. Schließlich hätte auch seine Oma ihm den Tee bringen können. Die hätte vielleicht gedacht, dass er einen Krampfanfall habe, und einen Krankenwagen gerufen. Ich glaube, das tröstete Davey ein bisschen.

Mittwoch, 15. Januar

22.10 Uhr: Allerheiligstes

Ich hole das ledergebundene Notizbuch hervor und reiße die Seite mit den Sachen, die in meinem Leben mies sind, raus. Wer braucht schon so viel Negativität? Stattdessen schreibe ich im Stil der Leute, die sich notieren, wo sie vor ihrem Tod noch überall hinreisen wollen, eine Liste der Sachen, die ich machen sollte, bevor ich sechzehn bin. Im Moment sind das:

1. Von jemand geküsst werden, der weiblich, aber weder mit mir verwandt noch sehr alt, sehr jung oder pelzig ist. Das heißt also, eine Freundin haben!
2. Das legendäre One von Metallica meistern.
3. Children of Bodom live sehen. – Vielleicht muss ich dafür nach Finnland reisen, aber das wäre ein geringer Preis, zumindest metaphorisch.
4. Stolzer Besitzer einer Randy Rhoads Flying V Jackson mit blauer Flammen-Lackierung, Ebenholz-Griffbrett und Einlegearbeiten aus Perlmutt in Haifischflossen-Form sein.

5. Mir irgendein Piercing oder Tattoo stechen lassen!
6. Halb so cool sein, wie die Leute sagen, dass mein Dad war.

Das Einfachste (oder am wenigsten Unmögliche) ist wahrscheinlich 2. Also drucke ich mir gleich mal die Griffe für *One* vom Computer aus. Es ist über neun Seiten lang! Zum Glück werde ich erst in fünfeinhalb Monaten sechzehn.

Freitag, 17. Januar

20.15 Uhr: Hinter dem verbotenen Portal (auch bekannt als: Flur)

Krass. Ein Brief für mich! Ich kriege kaum mal Post.

Ich reiße das Kuvert auf und erfahre, dass ich mich über »50 Prozent Nachlass« für einen Treppenlift der Marke Stannah freuen darf.

What the F***?

Samstag, 18. Januar

13.10 Uhr: Küche

Ich sitze am Tisch und verzehre mein Mittagessen (eine Partysize-Tüte Chips der Geschmacksrichtung Smoky Bacon) und ergehe mich in einem fantastischen Tagtraum über Metal-Starruhm. Darin werde ich von Horden mich bewundernder, wahnsinnig attraktiver weiblicher Fans fast erdrückt. Auf einmal kommen niemand anderer als meine Schwester und ihr blöder Boyfriend Clint rein.

Ich meine, »Clint« – was für ein Name soll das denn sein? Klingt doch eher nach Möbelpolitur als nach einer Person.

»Was geht, Alter«, sagt Clint und haut mir mit voller Wucht auf den Rücken. »Hast du inzwischen endlich eine Freundin?«

»Ärger ihn nicht«, sagt meine Schwester und schaltet den Teekessel ein.

»Ich ärger ihn doch nicht. Ein gut aussehender Typ wie er sollte sie mit einem Stock abwehren müssen.«

»Hab keine Zeit für eine Freundin«, erkläre ich ihm. »Ich konzentriere mich auf meine Prüfungen.« Im Unterschied zu manchen Idioten, die ich nicht namentlich nennen will und die ein General Certificate of Secondary Education nicht mal erkennen würden, wenn es sie anspränge und in die Eier bisse.

»Klar«, sagt Clint. »Weil dir das auch viel bringen wird. Schau mich an, kein einziges General Certificate von was weiß ich, und ich hab's auch zu was gebracht.«

»Du bist arbeitslos«, erinnere ich ihn.

Clint lehnt sich vor und donnert beide Fäuste auf die Tischplatte. Er ist echt ein Brocken von einem Mann. Seine Arme sind dicker als der Rumpf der meisten Leute.

»Das liegt daran, dass es keine Jobs gibt!«, dröhnt er. »Oder glaubst du etwa, ich bin gern ohne Job?!«

»Clint Schatz, lass ihn zufrieden«, sagt meine Schwester. »Er hat's nicht so gemeint.«

»Ja, also, ich gehe jetzt auf Facebook«, sage ich und stehe vom Tisch auf.

»Na klar«, meint Clint lachend. »Ich wette, du hast da jede Menge Freunde, was?«

»Schon einige«, sage ich.

»Schade, dass die meisten davon Frettchen sind!«

Selbst meine Schwester, die Verräterin, lacht darüber.

Ich verlasse wortlos die Küche. Wie kann er es wagen? Weniger als die Hälfte meiner Facebook-Freunde sind Frettchen.

Montag, 20. Januar

17.50 Uhr: Küche (Mutter Oberin ist noch nicht zu Hause)

Meine Schwester hat mir heute eine kleine Flasche Heineken gekauft, wahrscheinlich als Friedensgeste. Ich habe sie hinter meinem Schrank vor Mum versteckt. Mum sagt, Alkohol erzeuge nichts als Schmerz und Qual, aber Gott weiß, wie sie darauf kommt. Mein Leben ist voller Schmerz und Qual, und das, obwohl ich noch kaum jemals was getrunken habe.

Aber wie auch immer. Wenn Maddie denkt, sie könnte sich meine Verzeihung mit Bier erkaufen, dann hat sie – wahrscheinlich recht.

Dienstag, 21. Januar

20.00 Uhr: Allerheiligstes

Ich habe beschlossen, dass ich mir ein paar Muskeln antrainieren muss, um so cool zu werden wie mein Dad (Punkt 6 auf meiner Liste). Überflüssig zu erwähnen, dass wir keinerlei angemessenes Gerät für Gewichte-Training besitzen, also muss ich eben benutzen, was mir so in die Finger kommt. In diesem Fall eine große Colaflasche (zu Dreivierteln ausgetrunken) und Ozzy. Zuerst gefällt es Ozzy, hochgehoben und wieder gesenkt zu werden. Er gibt aufgeregte Fieplaute von sich und betrachtet interessiert all die Spinnweben an den Wänden, doch dann bekommt er Angst und lässt einen fahren. Einen schlimmen, der einem die Tränen in die Augen treibt! Meine Güte, ich wette, Dad musste sich beim Krafttraining nicht mit furzenden Frettchen herumschlagen.

Mittwoch, 22. Januar

23.00 Uhr: Allerheiligstes, beim Anhören von Children of Bodom über Kopfhörer

Ich frage mich, wie teuer es ist, nach Finnland zu fahren …

Donnerstag, 23. Januar

18.30 Uhr: In der Küche mit Mutter Oberin

»Finnland!«, ruft meine Mutter aus. »Hör mir mal gut zu, Josh. Sollte ich mir jemals einen Urlaub im Ausland leisten können, wonach es angesichts unserer finanziellen Schwierigkeiten nicht aussieht, dann fahre ich sicher nicht an irgendeinen gottverlassenen Ort, wo es in neun Zehnteln des Jahres schneit und man kaum einmal das Tageslicht sieht. Dann verreise ich nach Korfu.«

Ich fühle mich eigentlich genötigt, sie darauf hinzuweisen, wie wenig zutreffend diese Behauptung in geografischer wie auch in meteorologischer Hinsicht ist, aber dann spare ich mir die Mühe. Meine Mutter ist für so was unempfänglich. Es bringt nichts, ihr zu sagen, dass Finnland der coolste Ort des Planeten ist. Dass es da zweitausendfünfhundert Metal-Bands gibt, was angesichts einer Gesamtbevölkerung von fünf Millionen bedeutet, dass jeder zweihundertste Einwohner ein Bandmitglied ist. Ich meine, wenn man eine vergleichbare Statistik für die Gegend erstellen wollte, in der ich lebe, käme vermutlich raus, dass jeder zweihundertste eine Gehhilfe besitzt!

»Finnland«, sagt meine Mutter noch mal. Und dann wagt sie es, mir den Kopf zu tätscheln und zu kichern, während ich schon die Haustür aufmache.

Ich meine, verdammte K***, Mum, du bist ungefähr so abenteuerlustig wie ein Sandwich mit Ei und Gurke!

Tatsächlich sage ich: »Also dann. Peters Mum bringt mich nach Hause.«

19.00 Uhr: Pfadfinder

Die Leute denken, Pfadfinder, das sei nur was für kleine Kinder, aber ich gehe zu den Explorer Scouts, die sind zwischen vierzehn und sechzehn. Es stimmt zwar, dass das nicht gerade eine Aktivität ist, die man mit Metal assoziiert, aber ein paar Mädchen machen da auch mit, und es besteht immer die Chance, dass eine mir bei meinen Trompetenknoten hilft.

Heute Abend machen wir Vertrauensübungen. Die bieten die Möglichkeit zu Körperkontakt, aber plötzlich wird mir klar, dass gar keine Mädchen anwesend sind. Klasse! Jetzt kann ich mich auf Körperkontakt mit einer Horde schwitzender, pickeliger Jungs gefasst machen. Da kann ich mich ja gleich selbst anfassen.

Als erste Aktion sollen wir uns im Kreis aufstellen. Dann geht ein Explorer mit verbundenen Augen und vor der Brust verschränkten Armen in die Mitte. Das »Opfer« lehnt sich vor und wird von einem von uns aufgefangen und wieder zurück in die Mitte gestoßen. Eines ist mal sicher: Ich will definitiv nicht in die Mitte. Nicht weil ich Schiss hätte, sondern weil ich mit meinen gut einsachtzig ungefähr einen Meter größer bin als alle anderen. Wenn sie mich auf sich zufallen sehen, werden sie davonspringen wie runtergefallene Erbsen! Aber das wird Shaun, unser Stammesführer, sicher auch wissen und einen von den Kleineren aussuchen.

»Josh, bitte in die Mitte.«

»Aber …«

Der Raum füllt sich plötzlich mit Hühnerstimmen-Imitatoren, also muss ich mich wohl in mein Schicksal fügen. Dabei ist meine Nase so ungefähr das einzig Akzeptable an meinem Gesicht. Aber bald wird sie ein zermatschtes Etwas sein.

»Viel Glück«, höre ich da eine rauchige weibliche Stimme neben mir.

Ich drehe mich um, und direkt vor mir steht das hübscheste Mädchen, das ich je gesehen habe. Also, vielleicht nicht das schönste. Ich meine, es gibt in Filmen und vielleicht sogar bei Morrison's noch welche, die besser aussehen, aber sie ist schon ziemlich gut. Noch dazu wirkt sie ein bisschen wie ein Rock Chick. Ich versuche gerade noch zu erkennen, ob das Ding auf ihrer Nase ein Piercing oder ein Pickel ist, aber da zieht Shaun mir auch schon die Augenbinde über den Kopf und zerrt mich in die Mitte.

Fünf Minuten später

Also, die letzten fünf Minuten gehören zu den schlimmsten meines Lebens. Meine Nase ist heil geblieben, aber meine Blase hätte fast kapituliert, und ich war ganz schön erleichtert, als ich mir die Augenbinde abnehmen und an meinen Platz im Kreis zurückkehren konnte.

»Hmm«, macht Shaun. »Ihr wart mit Josh ein bisschen grob. Klar ist er ein großer Kerl und steckt das schon weg, aber jetzt möchte ich, dass ihr es deutlich sanfter angeht.«

Danke, Shaun, wie schön, dass du dich auch um mich gesorgt hast.

»Wie einige von euch vielleicht schon bemerkt haben, gibt es heute Abend einen Neuling unter uns«, redet Shaun schon weiter. »Möchtest du vielleicht mal in die Mitte, Charlene?«

Charlene hat ein Nasenpiercing. Und ein Pantera-Tattoo. Ich fasse es nicht. Ein Mädchen, das auf Metal steht, und ich soll sie gleich in meinen Armen auffangen!

Sehr behutsam wird Charlene im Kreis hin und her geschoben. Einige der Jungs sehen panisch aus, als sie sich in ihre Richtung lehnt, aber – und das ist mal wieder typisch – nicht ein einziges Mal wird sie in meine Richtung geschoben. Na toll, jetzt sieht es so aus, als würden wir was anderes machen.

»Rechts haben wir, wie ihr seht, ein paar Bänke und Eimer verteilt«, sagt Shaun und deutet in den anderen Teil der Turnhalle. »Ich möchte, dass ihr euch einen Partner sucht und ihn mit verbundenen Augen über diesen Parcours führt.«

Ich fühle mich schrecklich, denn mein Freund Peter, den ich schon seit vor meiner Geburt kenne (unsere Mütter waren zusammen im Geburtsvorbereitungskurs), steuert auf mich zu, aber Charlene ist schneller und steht bereits neben mir! Aus dem Augenwinkel sehe ich noch Peters Reaktion auf diese Abfuhr. Jetzt muss er sich entweder von Shaun mit jemand zusammentun lassen oder, noch schlimmer, die Übung mit Shaun selbst machen. Die Peinlichkeit wäre furchtbar. Aber es lässt sich nun mal nichts dagegen tun ...

»Du bist also Josh«, sagt Charlene.

»Das ist mal sicher«, sage ich. »Jawohl, das bin ich ... Ähm, du bist ja unübersehbar ein Metal-Fan«, fahre ich schnell fort.

»Definitiv«, sagt sie und zeigt mir den Metal-Gruß mit ausgestrecktem Zeige- und kleinem Finger. »Ich hab schon einen Haufen Bands gesehen.«

»Cool«, sage ich.

»Slayer, Metallica, Napalm Death, Und ich war schon in Tuska.«

»Tuska?«

»Du weißt schon, das berühmte finnische Metal-Festival.«

»Ach, das Tuska«, sage ich.

Charlene zieht sich ihre Binde vor die Augen und greift nach meinem Arm. »Da solltest du mit deinen Kumpels mal hin.«

»Ja, absolut«, sage ich und erzähle ihr nicht, dass Davey auf Modern Jazz, Ollie auf R&B und Peter auf Susan Boyle steht.

Während wir uns zwischen den Bänken durchschieben, zerre ich ein bisschen an meinem Halstuch und an meinem Hemd, um zu kaschieren, dass meine Explorer-Hose mir bis unter die Achseln reicht.

»Josh, was ist bloß heute mit dir los«, schreit Shaun von der anderen Seite der Halle. »Du wirst unser neues Mädchen auch nicht mehr beeindrucken, wenn du dein Hemd ganz aus dem Hosenbund ziehst.«

Ich seufze theatralisch.

»Und was ist mit deinem Halstuch? Richte es bitte gerade.«

Charlene zieht sich die Augenbinde runter und grinst mich an. » Er ist ein bisschen nervig, was?«

»Yeah«, sage ich. »Faschistenschwein!«

Zum Glück hat Shaun das nicht gehört, denn sonst würde ich bei den Explorers rausfliegen. Definitiv.

21.35 Uhr

»Dann kommst du also nächste Woche wieder?«, fragt Shaun Charlene, als sie sich ihre Jacke anzieht.

»Ich bin mir noch nicht sicher«, sagt sie. »Vielleicht färbe ich mir dann gerade die Haare.«

21.40 Uhr

»Tja, nettes Mädel, aber irgendwie glaube ich, dass das nicht so ihr Ding war«, sagt Shaun, als Charlene weg ist und nur noch Peter und ich darauf warten, abgeholt zu werden.

»Es ist Joshs Schuld«, sagt Peter. »Er hat sie mit seinem schiefen Halstuchknoten abgeschreckt.«

Freitag, 24. Januar

19.30 Uhr: Wohnzimmer

Ich verbringe etwa eine Stunde an unserem schrottigen Computer aus zweiter Hand, um Charlene auf Facebook zu finden. Man würde ja meinen, jemand mit so einem Namen müsste leicht aufzuspüren sein, aber die einzig verfügbare Charlene lebt in Bloomsburg, Pennsylvania, und das ist doch ein bisschen zu weit, um zu den Pfadfindern bei uns zu kommen. Ich fange schon an mich zu fragen, ob sie sich den Namen nur ausgedacht hat, um cool zu klingen. Wahrscheinlich heißt sie in Wirklichkeit Mavis Block oder so ähnlich. Ich will gerade Mavis Block in das Suchfeld bei Facebook eintippen, aber da wird mir klar, dass ich jetzt wirklich spinne. Na schön, dann muss ich den ersten Punkt auf meiner Liste eben noch ein bisschen aufschieben. Ich muss Charlene ziehen lassen und nach vorne schauen.

Samstag, 25. Januar

14.30 Uhr: Beim Herumlungern

Mum sagt, einer »ihrer Leute« (so nennt sie die Typen, für die sie putzt, kocht und einkauft, um Geld zu verdienen) kenne jemand, der jemand kennt, der mal in diesem Pub namens Tote Ente hinter dem Co-op gearbeitet hat und mir dort einen Job besorgen könnte. Vielleicht. Ob mir das gefallen würde?

»Ja«, sage ich. »Ich würde liebend gern in einer Kaschemme arbeiten, die Tote Ente heißt und wo sich lauter traurige, einsame Typen besaufen.« Na gut, es hieß nicht wirklich Tote Ente, aber so ähnlich.

Mum wird sauer und erwähnt zum ungefähr sechzigmillionsten Mal unsere »finanziellen Schwierigkeiten«.

Ich sage: »Oh, na dann.«

Sie lächelt und geht. Verdammt.

Montag, 27. Januar

19.00 Uhr: Allerheiligstes, bei den Hausaufgaben

Das Problem – oder eines davon –, wenn man fünfzehn ist, besteht darin, dass so viele Entscheidungen zu treffen sind. Ich frage mich gerade, ob ich statt Geschichte nicht lieber Geografie hätte nehmen sollen:

Gebirgszüge oder Germanen?

Hurrikans oder Hitler?

Tja, jetzt ist es zu spät.

Historie klingt ja kinderleicht. Heute beim Mittagessen hat Ollie gesagt, sein Geschichtslehrer habe ihm erzählt, der Erste Weltkrieg sei wegen eines Sandwichs ausgebrochen. Nachdem es diesem serbischen Terroristen nicht gelungen war, Franz Ferdinand (den Erzherzog, nicht die Band) zu ermorden, besuchte er offensichtlich ein Café, um sich kurz zu stärken. Genau in dem Moment als er wieder rauskam, war da zufällig Franz, weil sein Auto falsch abgebogen war. Der Serbe griff nach seiner Waffe und schoss Franz in den Hals.

Ich versuchte, mir eine ähnlich spannende Geschichte über Sedimentgestein einfallen zu lassen, aber es gelang mir nicht.

Mittwoch, 29. Januar

Ich habe mit der Post ein paar hautfarbene Stützstrümpfe der Größe XL bekommen.

Warum?

Donnerstag, 30. Januar

19.50 Uhr: Pfadfinder

Ich gebe Peter meine Stützstrümpfe und staune, wie gekränkt er reagiert.

Er sagt: »Nur weil ich mit an Sicherheit grenzender Wahrscheinlichkeit schwul bin, heißt das nicht, dass ich Frauenstrümpfe anziehen will. Außerdem habe ich die Größe Small.«

Ich registriere allerdings, dass er sie mir auch nicht wieder zurückgibt.

Samstag, 1. Februar

19.20 Uhr Allerheiligstes

Ozzy untersucht meine Lektüre für Englische Literatur: *Wer die Nachtigall stört*. Die meisten Frettchen würden wahrscheinlich eine Nachtigall abmurksen, sobald sich ihnen auch nur der Hauch einer Gelegenheit dazu bietet, aber Ozzy ist ungefähr so aggressiv wie ein Cupcake. Irgendwo knallt eine Tür zu, Ozzy zuckt zusammen und pieselt ein bisschen auf Seite 10. Ich habe das Gefühl, mich bei Harper Lee dafür entschuldigen zu müssen, aber die Frau ist Multimillionärin, also lasse ich es bleiben.

Wie auch immer, es ist Samstagabend und ich stecke im

Schreiben eines Hausaufsatzes für Englisch fest. Wie traurig ist das denn? Nach einer halben Stunde habe ich immer noch erst achtundvierzig Wörter geschrieben, zwanzig davon sind die Fragestellung. Ozzy fängt an, übers Papier zu tänzeln und zu springen, was auch nicht gerade hilft. Ich versuche, ihn runterzuschieben, aber er hält das für ein Spiel und haut mit meinem Stift ab. Merkt er nicht, dass ich nicht zu Späßen aufgelegt bin? Dass ich innerlich langsam sterbe?

Wie eine Nachtigall
Deren Lied ungehört erscholl
Deren Schnabel man zuband
Die sich langsam sterbend fand.

Aus dem Album: *Langsam sterbend* von Josh Walker

Samstag, 2. Februar

14.00 Uhr: Allerheiligstes

Mieser Tag heute. Mir ist eine Saite an meiner Gitarre gerissen, sodass ich nicht üben kann. Das ist echt ärgerlich, weil ich noch 8 ¾ Seiten von *One* von Metallica vor mir habe.

Montag, 3. Februar

18.15 Uhr: Allerheiligstes

Noch so ein verdammt mieser Tag! Mrs Barber sagte: »Mein Frettchen hat mir den Stift geklaut« sei keine hinreichende Entschuldigung für meine fehlende Hausaufgabe zur *Nachtigall* und ließ mich nachsitzen. Nachdem ich zu Hause war, machte Mum einen Riesenterz, weil ich in ihrem Zimmer war.

»Ich will nicht, dass du hier rumschnüffelst«, sagte sie. »Ich habe hier Dinge, die sind … privat.«

Ganz ehrlich, ich wollte mir nur ein bisschen was von dem Parfum holen, das sie für besondere Gelegenheiten aufspart. Ozzy hatte ein kleines Missgeschick auf dem Teppich hinterlassen, und da wollte ich den Geruch kaschieren. Aber das passiert, wenn ich hier mal ein bisschen für Sauberkeit und Hygiene sorgen will!

Egal. Morgen werde ich in Französisch abgefragt, also sollte ich mich jetzt lieber mal darauf vorbereiten.

Dienstag, 4. Februar – noch fünf Monate bis zu meinem sechzehnten Geburtstag

10.15 Uhr: La Bastille (Französischabfrage)

»Wann immer du so weit bist«, sagt Madame Zizi.

Ich stottere die paar Sätze, die ich mir über meine Hobbys,

Freunde und Familie eingebleut habe. Zum Glück ist das Wort Gitarre im Englischen und Französischen praktisch identisch, sodass wenigstens irgendwas stimmt.

Während meiner Ausführungen schneidet Madame Zizi Grimassen und rauft sich die Haare.

Wahrscheinlich kein sehr gutes Zeichen.

Donnerstag, 6. Februar

19.30 Uhr: Wohnzimmer

Heute Abend keine Pfadfinder, weil Shaun sich beim Vorführen von Knoten in der Dienstagsgruppe der Beavers, also der jüngsten Altersgruppe, den Daumen verletzt hat.

Ich beschließe, nur mal schnell bei Facebook reinzuschauen, für den Fall, dass irgendwelche hinreißenden Mädels mir eine Freundschaftsanfrage geschickt haben. Vielleicht sogar eine Freundinanfrage.

Negativ. Keine Freundschaftsanfragen, sondern nur vier Aufforderungen von Ollie bei »FantasticFarm« sein Getreide zu ernten, Laub zu rechen, die Zwiebeln zu gießen und irgendwelche neuen Stallungen zu bauen.

Außerdem drei Aufforderungen von Davey, auf »Purrfect-Pets« mit seinen Welpen zu spielen, den Papagei zu füttern und seine Kaninchen zu streicheln.

Von Peter sind da noch zwei Aufträge bei »MeisterKoch«:

Die Toiletten feucht rauswischen und vor 21 Uhr noch zwei Dutzend geeiste amerikanische Muffins zuzubereiten.

21.45 Uhr

Erschöpft logge ich mich bei Facebook aus. Wenn das so weitergeht, sollte ich vielleicht meinen Account löschen.

Freitag, 7. Februar

20.00 Uhr: Allerheiligstes

Mum kommt (ohne anzuklopfen) rein und erzählt mir, ich hätte morgen einen Probearbeitstag in der Dementen Ente. »Ist das nicht aufregend?«, fragt sie.

»Und wie«, antworte ich.

Mum lächelt und geht wieder. Sarkasmus ist ihr gegenüber sinnlos.

20.10 Uhr

Moment mal. Wenn Mum mich mein dort verdientes Geld behalten lässt, dann wäre ich vielleicht in der Lage, mir die wundersame Jackson Flying V zu leisten und so Punkt 4 auf meiner Liste abzuhaken. Das ist wirklich aufregend!

Samstag, 8. Februar

19.00 Uhr: Hiesige Spelunke

Hurra! Ich wurde bei Die Wiederbelebte Ente eingestellt. Mein Job ist zwar intellektuell nicht gerade anspruchsvoll, dafür habe ich danach immer supersaubere Hände. Genau, ich bin Chef-Spüler. Eigentlich bin ich der einzige Spüler. Aber egal, Mum wird es freuen. Von nun an wird sie die finanziellen Schwierigkeiten wahrscheinlich nur noch ungefähr jede halbe Stunde erwähnen. Wichtiger ist aber das kleine Wunder, das sich noch ereignet hat: Sie sagte, ich dürfe mein selbst verdientes Geld behalten. Komplett!

Mrs Barnes, die Besitzerin des Pubs, stellt mich Derek, dem Koch, vor. Derek lächelt und hält mir freundlich die Hand hin, aber ich bemerke, dass seine Nägel ein bisschen schmutzig sind und er ein paar Warzen an den Fingern hat. Im Geiste notiere ich mir, niemals irgendwas bei Die Wiederbelebte Ente zu essen, aber ihre kulinarischen Köstlichkeiten meinem Mathelehrer Mr Cain wärmstens zu empfehlen.

»Und das hier ist Michelle«, sagt Mrs Barnes und hält einen vorüberrauschenden Engel am Arm fest.

»Michelle ist unsere Kellnerin. Sie ist bei den Gästen sehr beliebt.«

Wenn ich mir Michelles perfekte Figur und ihr modelmäßiges Gesicht ansehe, verstehe ich, warum. Sie ist definitiv potenzielles Girlfriend-Material.

»Das ist Joshua«, sagt Mrs Barnes. »Er wird jeden Samstag aushelfen. Abwaschen und den Müll rausbringen.«

Tolle Vorstellung, Mrs Barnes. Danke dafür.

Michelle wirft mir nur einen flüchtigen Blick zu (so wie das alle Mädchen bei mir machen), bevor sie wieder ins Lokal verschwindet. *Michelle, ma belle,* summe ich in Gedanken. Meine Fresse! Ich notiere mir im Kopf, dass ich mir nächstes Mal unbedingt Kopfhörer mitnehmen muss, damit ich nicht anfange, mir meinen Musikgeschmack zu verderben, indem ich aus Versehen alte Beatlessongs vor mich hin singe.

Oder noch schlimmer: Country und Western, was in der Ente rund um die Uhr zu laufen scheint.

Mrs Barnes drückt mir eine Schürze in die Hand, bevor sie noch ein bisschen weiterlabert. Offensichtlich kann ich, wenn ich mich beim Tellerwaschen als zuverlässig erweise, zu anspruchsvolleren Tätigkeiten aufsteigen: Bestellungen aufnehmen und Salatgarnituren anrichten! Die Vorfreude darauf ist fast nicht auszuhalten.

19.30 Uhr: Spülbecken

Mein Gott, *Stand by your Man* ist ein Song, der echt ins Ohr geht. Wenn ich mich noch mal dabei erwische, wie ich ihn singe, muss ich mir vielleicht eine ungespülte Gabel ins Auge stechen. Solche Musik müsste mit einer Warnung vor den gesundheitlichen Risiken versehen sein.

»Warnung: Dieser Schrott macht seltsam süchtig, kann

Ihrem Hirn ernsthaften Schaden zufügen und das Bedürfnis wecken, Lassowerfen zu Ihrem Hobby zu machen.«

Mrs Barnes kommt von der Bar reingerauscht, um meine Arbeit zu inspizieren. »Hast du die hier noch mal mit klarem Wasser abgespült?«, fragt sie und deutet auf einen Tellerstapel.

»Na klar«, sage ich.

Sie streicht mit dem Finger über den obersten Teller und ich fühle mich seltsam verunsichert. Nach unbehaglichen Sekunden nickt sie und sagt: »Weitermachen.«

»Danke«, sprudelt es aus mir raus. »Vielen, vielen Dank.«

Meine Güte, was ist bloß los mit mir? Warum kümmert es mich, eine fettfrei geröstete Erdnuss, was Mrs Barnes denkt? Ich bin ausgehungert nach Zuneigung, das muss es sein. Ich brauche dringend eine Freundin! Michelle, weißt du, wie glücklich es mich machen würde, wenn wir bloß mal Blickkontakt hätten? Wenn du nur meine Existenz zur Kenntnis nehmen würdest, geriete ich vor Freude ins Delirium.

Michelle taucht auf und knallt einen Stapel soßenverschmierter Teller auf das Abtropfbrett. Das muss vorläufig genügen.

22.45 Uhr

Endlich. Ich kann gehen. Mrs Barnes drückt mir ein paar fettige Fünf-Pfund-Scheine in die Hand. Dabei starrt sie mich hinterhältig an, und mir wird klar, dass das gemeint ist, wenn es heißt »bar auf die Kralle«. Ich nicke mit ungefähr genauso verschlagener Miene zurück und gehe raus, um meinen Verdienst zu zählen.

Fünfzehn Kröten? Fünfzehn elende Kröten! Bei dem Tarif werde ich mir die wundersame Jackson nie leisten können.

Klar könnte ich jederzeit um mehr Schichten bitten. Ungefähr eine Million mehr!

Oder … mir kommt ein neuer Gedanke: Ich könnte meinen Körper verkaufen! Das bringt vielleicht nicht viel, aber irgendjemand würde wohl ein paar Scheinchen dafür hinblättern. Wenn nicht für Sex, dann könnte ich doch eine Lunge oder so verticken. Verkaufen Leute überhaupt Lungen?

Sonntag, 9. Februar

9.45 Uhr: Küche

Mum hat mir ein altes Gurkenglas gegeben, in das ich mein selbst verdientes Geld stecken kann. Gerade habe ich einen Aufkleber dafür beschriftet:

Jackson Gitarren-Fonds
Anrühren bei Todesstrafe verboten! Im Ernst!!

Ich will das gerade auf das Glas kleben, als Mum mich bittet, zu den Parkinsons nach nebenan zu gehen und die Katze zu füttern.

»Wie viel bringt das?«, frage ich und zeige auf das Glas.

Mum wirft mir einen ihrer entnervten Blicke zu. Sie hat echt null Humor.

»Schwing die Hufe, junger Mann, aber sofort«, sagt sie und lässt den Schlüssel vor meiner Nase baumeln.

Meine Mutter kann gelegentlich ziemlich Furcht einflößend wirken. Es ist auch sehr schwierig, sich ihr zu widersetzen, und das obwohl ich ungefähr einen Meter größer bin als sie. Meine Schwester ist genauso, und auch meine Oma, wenn ich's mir recht überlege. Ich bin mir ziemlich sicher, in eine Sippe psychotischer Zwerginnen hineingeboren worden zu sein. Kein Wunder, dass Dad sich den Job auf See gesucht hat.

Es macht mich traurig, an ihn zu denken, deshalb poliere ich im Vorbeigehen sein Foto mit meinem Ärmel und trotte nach nebenan.

Wow! Man möchte kaum glauben, dass dieses Haus das Spiegelbild unseres eigenen ist. Es ist so unglaublich … geschmackvoll! Alles ist beige lackiert, und der Fernseher ist riesig! Unserer ist zwar auch riesig, aber in die Tiefe, was logischerweise nicht zählt.

Der Kater Jasper ist hocherfreut, mich zu sehen. Er schnurrt so laut wie ein schwaches Erdbeben (etwa 3,2 auf der Richter-Skala). Ich gebe ihm eine Dose Whiskas und dann ein bisschen von einem erlesenen Camembert und hauchdünne Scheiben von Lachs, die ich im Kühlschrank entdeckt habe. Sehr unwahrscheinlich, dass irgendwas davon noch genießbar ist, wenn die Parkinsons aus dem Urlaub zurückkommen.

Jasper folgt mir bis nach Hause. Er scheint mich wirklich zu mögen. Ich glaube, ich bin ziemlich gut im Umgang mit Tieren.

22.00 Uhr: Wohnzimmer, im Internet

Man verkauft keine Lungen. Oder wenigstens nicht hierzulande. Wahrscheinlich ist es in Ländern wie Kambodscha üblich, aber da hinzukommen, würde den Preis einer Lunge kosten.

Montag, 10. Februar

15.55 Uhr: Allerheiligstes

Ja! Meine Zeitschrift »Icons of Metal« ist gekommen. (Das Abo war ein Weihnachtsgeschenk meiner Oma. Ich habe ihr weisgemacht, es ginge in den Heften um Naturwissenschaften und dass sie für meine Abschlussprüfungen nützlich wären.) Diese Ausgabe ist ein Special über Black Metal. Es gibt einen tollen Artikel über gezupfte Obertöne, eine Anthologie aller Black-Metal-Bands und in der Mitte zum Rausnehmen ein Poster von irgendeinem Mädchen, das sich auf einem Verstärker rekelt. Mit wenig an (das Mädchen, nicht der Verstärker). Das Bild würde ich mir ja gern an die Wand hängen, aber wahrscheinlich würde dann der Kopf meiner

Mum zu rotieren beginnen und Spucke aus ihrem Mund fliegen. Also lege ich es lieber unter meine Matratze.

Auf den hinteren Seiten des Magazins steht Werbung für bevorstehende Gigs. Warum ich mich selbst damit quäle, mir die durchzulesen, weiß der Himmel. Erstens kann ich sie mir nicht leisten, zweitens habe ich keinen, der mitkommen würde, und drittens scheinen die meisten in Ländern wie Slowenien stattzufinden. Ich kann mir schon vorstellen, wie Mums Reaktion ausfiele, wenn ich so was als Ferienziel vorschlagen würde:

»Sollten wir jemals genug Geld haben, um in die Ferien zu fahren, Joshua, was ich angesichts unserer finanziellen Schwierigkeiten ernsthaft bezweifle, dann werde ich an die Costa del Sowieso fahren. Aber bestimmt nicht an einen Ort, wo es faszinierende Folkore, eine umwerfende Umgebung und ein großartiges Nachtleben geben könnte.«

Tja, vermutlich weil ich Masochist bin, lese ich die Seiten trotzdem und erfahre, dass Satanic Warmaster im Juli in London spielt, was perfekt wäre, um nach den Prüfungen zu feiern. Warum nur, warum müssen meine Freunde einen so furchtbaren Musikgeschmack haben?

Ich entdecke auch, dass Children of Bodom am 11. Juli in Glasgow Alben signieren. Eine Woche nach meinem sechzehnten Geburtstag! Glasgow, das sind ja nur etwa vierhundertachtzig Kilometer. Damit könnte die Nummer 3 auf meiner Liste in greifbare Nähe rücken. Ach, halt die Klappe, Josh, du leidest an Wahnvorstellungen.

Dienstag, 11. Februar

14.44 Uhr: Wohnzimmer

Ich akzeptiere zwei Freundschaftsanfragen bei Facebook: Fellkind Fellbaby und Knuddel-Wusel. Beide scheinen nette Frettchen zu sein.

Mittwoch, 12. Februar

14.25 Uhr: In der Schlange vor den Tiefen Kerkern (auch bekannt als: Englisch-Raum E12)

Lydia und ihre Freundin Becky Calbag palavern über die ganzen Valentinskarten, mit denen sie rechnen.

»Verschickst du auch welche, Josh?«, fragt Becky in, wie ich vermute, sarkastischem Ton.

»Nein«, sage ich. Ich hätte sie gern mit irgendeiner witzigen Erwiderung überrascht, aber leider ist mir keine eingefallen.

»Als ob irgendjemand eine von dem Schwachkopf haben wollte«, schnaubt Lydia.

Um eine Gemeinheit ist sie nie verlegen. Leider.

Donnerstag, 13. Februar

20.10 Uhr: Pfadfinder

Wir basteln Valentinskarten für den besonderen Menschen in unserem Leben.

»Macht euch keine Sorgen, falls ihr noch keine Freundin habt«, sagt Shaun. »Dann gebt ihr die Karte einfach jemand, der euch am Herzen liegt.«

»Wem wirst du deine geben?«, frage ich Peter.

»Wahrscheinlich meiner Mum«, sagt er. »Und du?«

»Sicher nicht meiner Mum«, sage ich. »Ich denke mal, ich könnte sie dem Mädchen geben, das ich in der Ente kennengelernt habe.«

»Ach echt! Erzähl mal«, sagt Peter und seine Augen glitzern.

Er sieht so gespannt aus, dass ich das Bedürfnis habe, ihn zu beeindrucken. »Sie ist Kellnerin«, sage ich. »Aber nur zwischen ihren Modeljobs.«

»Sie modelt? Wow! Für was modelt sie denn?«

»Dessous, glaube ich. Bademode, Stringtangas, solches Zeug.«

Ich fühle mich schrecklich, weil ich so lüge, aber jetzt gibt es kein Zurück mehr. Peter beobachtet mich genau, während ich »Für Michelle« und »Liebe Michelle« auf den Umschlag und die Karte schreibe. Zum Glück kann Ozzy nicht lesen.

Freitag, 14. Februar

20.15 Uhr: Allerheiligstes

Ich habe exakt null Valentinskarten bekommen. Was für eine Überraschung!

Aber immerhin gab es auch keine Angebote, Vorsorge für die Kosten für meine Beerdigung zu treffen oder den neuesten Rollator Probe zu fahren. Also sollte ich damit vielleicht zufrieden sein.

Samstag, 15. Februar

8.25 Uhr: Hinter dem verbotenen Portal

Habe eine Einladung zur Besichtigung der Musterwohnung in einem neu gebauten Seniorenstift erhalten.

Sonntag, 16. Februar

13.30 Uhr: Omas Küche

Wenn ich nicht hin und wieder für eine anständige Mahlzeit bei meiner Oma vorbeischauen würde, wäre ich wohl ernstlich mangelernährt. Meine Mutter sagt, sie sei zu beschäftigt zum Kochen, aber ich stelle fest, dass sie nie zu beschäftigt ist, um ihre Schundzeitschriften zu lesen. Meine Nan ist mein einzig verbliebener Großelternteil. Die Eltern von Dad starben beide, als ich noch klein war (keine sehr langlebige Familie).

Nan gießt mir Soße über die gebratenen Kartoffeln, und das riecht so gut, dass ich fast in Ohnmacht falle. Näher werde ich einem Drogenrausch wahrscheinlich nie kommen.

Nan ist eine großartige Köchin, aber manchmal mache ich mir Sorgen um sie, weil sie schon ein bisschen durcheinander und vergesslich wirkt. Zum Beispiel könnte ich schwören, dass sie mich, als sie mir die Tür aufmachte, Jessica genannt hat. Ich habe keine Ahnung, wer Jessica ist, aber vermutlich ist sie weiblichen Geschlechts, und das ist doch ein wenig seltsam.

Ihr Gedächtnis für Dinge, die schon lange her sind, ist dafür geradezu gespenstisch gut. Sie kann sich wortwörtlich an sinnlose Gespräche mit ihren Nachbarn in den Achtzigerjahren erinnern. Deshalb lenke ich sie auch davon ab, endlos lang von dem Tag zu erzählen, als Mrs Broughtons preisgekrönte Orchideen Stengelfäule entwickelten, und bringe sie auf ein Thema., das mir mehr am Herzen liegt.

»Du kanntest meinen Dad doch«, sage ich.

»Mhm«, macht Oma.

»Na ja, wie war er denn so? Ich meine, wirklich?«

Nan sieht irgendwie verlegen aus. Manchmal habe ich den Verdacht, dass sie nicht gern über ihren Schwiegersohn spricht.

»Er war sehr nett«, sagt sie nach einer Weile. »Sehr gut aussehend und höflich. Einer von der starken, schweigsamen Sorte.«

»War er so wie ich?«, frage ich.

»Ähm, eigentlich nicht.«

Nan sieht wohl, dass ich enttäuscht bin, also fügt sie noch hinzu: »Zumindest nicht, was das Aussehen angeht. Deine Schwester sieht ihm eher ähnlich. Du kommst nach deiner Mutter.«

Na toll!

»Sie war in deinem Alter sehr hübsch, deine Mum«, meint Oma noch und lächelt.

Ja, Oma, aber vielleicht will ich nicht *hübsch* sein!

22. 35 Uhr: Allerheiligstes

Gerade habe ich eine Schicht in der Ente beendet. Ich habe auch Mrs Barnes nach Extra-Schichten gefragt, aber sie sagte, die Frau, die sonst spült, braucht das Geld für ihre hungernde Familie auf den Philippinen. Ich wollte schon fast sagen: »Ja, mag sein, ich brauche das Geld für die epische Jackson!« Aber ich bezweifle, dass sie dafür Verständnis aufgebracht hätte.

Michelle hatte sich das Haar zu einem hohen Knoten aufgesteckt, den meine Schwester Gesichts-Lifting für Arme nennt. An Michelle sieht er umwerfend aus. Aber auf der anderen Seite könnte sie auch eine von Mums ekligen braunen Strickjacken anziehen und würde darin umwerfend aussehen. Ich frage mich, ob ich das Risiko hätte eingehen und ihr meine Valentinskarte geben sollen. Ich meine, wer nicht wagt, der nicht gewinnt und so, aber nein, wahrscheinlich hat sie Unmengen davon bekommen. Denn praktisch jeder im Pub hält sie für das Beste seit Dolly Parton.

Montag, 17. Februar

19.15 Uhr: Allerheiligstes

Ich unterbreche die Liegestützen und das Üben von *One* von Metallica (natürlich mache ich das nicht gleichzeitig!), um mir in meinem ledergebundenen Notizbuch die Liste der Dinge anzusehen, die ich erreichen will, bevor ich sechzehn bin.

Bis jetzt habe ich nichts davon realisiert. Zero. Nada. Keinen einzigen Punkt.

Wenn ich nicht bald eine Freundin finde (Nummer 1 auf der Liste), dann muss ich vielleicht zu drastischeren Maßnahmen greifen, wie plastische Chirurgie (bei mir) oder Hypnose (bei den Mädchen).

Immerhin befinden sich schon 41 Pfund und 10 Pence im Gitarren-Fonds.

Dienstag, 18. Februar

18.30 Uhr: Allerheiligstes

Davey ruft an und fragt, ob ich rüberkommen kann. Er braucht meine grafischen Fähigkeiten bei Photoshop, um ein schmeichelhaftes Profilbild für Facebook zu basteln. Vor allem möchte er seine Nase verkleinern.

Ich sage: »Davey, tut mir leid, aber dafür reichen meine ansonsten beeindruckenden Fähigkeiten wahrscheinlich nicht aus.«

Schweigen.

»Scherz, Davey«, sage ich. »Meine Fähigkeiten mit Photoshop sind unübertroffen!«

Wenigstens kümmert sich Davey um sein Äußeres. Ollie hatte mal ganze drei Tage lang ein Stückchen Salami in den Haaren.

Donnerstag, 20. Februar

11.35 Uhr: Geografie

Ich habe gerade einen brillanten Tagtraum von mir als Metal-Star (man verleiht mir einen Preis als schnellster Shredder an der Gitarre im ganzen Universum), als mir jemand ein zusammengefaltetes Stückchen Papier an den Kopf schnippt. Darauf steht »J 4 B??«. Was zum Teufel soll das denn heißen? Eindeutig bezweckt derjenige, der mich damit beworfen hat, dass ich Schwierigkeiten kriege. Dabei bin ich in Geografie schon verwarnt, weil ich über mein Vulkanmodell einen Becher Fertignudeln verteilt habe.

Ich zerknülle das Papier und werfe es in den Müll. Ha, du Loser! Da musst du dir schon was Besseres einfallen lassen, damit ich nachsitzen muss!

Freitag, 21. Februar

20.30 Uhr: Allerheiligstes

Ich schaffe jetzt vierzig Liegestützen, ohne mit Verdacht auf Herzstillstand zu kollabieren. Meine Armmuskeln sind allerdings so erbärmlich nicht vorhanden wie eh und je. So eine Sch***!

Samstag, 22. Februar

19.00 Uhr: Ente

In der Toten Ente ist es heute Abend todlangweilig. Michelle hat Grippe, sodass Mrs Barnes selbst kellnert, und du meine Güte, sie flirtet, was das Zeug hält. Man hat den Eindruck, sie saugt jedes männliche Wesen unter achtzig auf wie ein Dyson-Staubsauger im Turbomodus.

»Vermisst du Michelle?«, fragt Derek.

»Negativ«, sage ich, aber irgendwie scheint es offensichtlich, dass das gelogen ist.

Montag, 24. Februar

7.30 Uhr: Allerheiligstes

Mein verhasster Wecker schlägt Alarm, ich springe aus dem Bett und in die Hose, doch dann fällt mir ein, dass ja Halbjahrs-Ferien sind.

Ja! Ausschlafen.

7.35 Uhr

Ozzy ist aus seinem Käfig entwischt und in die heilige Ruhestätte meines Allerheiligsten (auch bekannt als: Bett) eingedrungen. Ich versuche, mich unter meinem Federbett zu verstecken, aber er gräbt mich mit seinen Velociraptor-Krallen aus. Hilft alles nichts, ich werde ihn füttern müssen!

Dienstag, 25. Februar

14.30 Uhr: bei Mr Pitman

Mr Pitman fühlt sich heute nicht besonders. Als ich ihm seinen Tee gebe, bemerke ich, wie verkrümmt seine Finger aussehen. Er muss meinen Blick registriert haben, denn er sagt: »Weißt du, ich hatte mal richtig flinke Finger. Das war sogar mein Spitzname: Ned mit den flinken Fingern!«

»Echt?«, sage ich. »Das ist ja mal ein ungewöhnlicher Name.«

»Mach das Beste aus deiner Jugend, Junge«, fährt Mr Pitman fort. »Sie geht viel zu schnell vorbei.«

Zum Glück sagt er nicht: Das ist jetzt die beste Zeit deines Lebens usw. usf., sonst hätte das Mr Pitmans und mein Verhältnis auf eine harte Probe gestellt. Stattdessen versichere ich Mr Pitman, dass ich versuchen werde, das Beste aus meiner Jugend zu machen, obwohl mir das verdammt schwierig erscheint, weil ich ja schließlich mit zur Schule gehen, Hausaufgaben machen, anderer Leute Hausaufgaben machen, mir Tee kochen, Ozzy füttern, anderer Leute Hunde ausführen, Sklavenarbeit im Pub verrichten, mein Facebook-Account checken und ganz allgemein mit dem Haufen Mist klarkommen muss, der mein Leben ausmacht. Das Letzte sage ich ihm aber nicht. Er sieht auch so schon deprimiert genug aus.

»Okay«, sage ich zu Minty, sobald wir draußen sind. »Wir schauen erst für mich die Gitarre an, danach gehen wir für dich in den Park. Deal?«

Minty hockt sich hin und macht ein Bächlein, was ich als »Ja« verstehe.

Dann gehen Minty und ich meine Gitarre anschauen. Sie sieht so hübsch aus wie immer (die Gitarre, nicht Minty – Minty sieht okay aus). Aber ich will sie mir genauer ansehen, also binde ich Minty an der Regenrinne vor Steve's Emporium an und betrete den Laden.

»Hübsche Gitarre ist das«, sagt Steve. Ich weiß, dass er das ist, weil er ein Namensschild trägt, auf dem »Steve« steht. »Lust, sie mal auszuprobieren?«

Ich kann mein Glück kaum fassen. Natürlich habe ich Lust dazu. Aber was soll ich bloß spielen. *Spanische Romanze* geht schlecht, so viel steht fest. Ich merke, dass ein paar andere Typen im Laden zu mir herschauen. Mann, was für ein Druck!

»Klimper einfach ein bisschen drauflos«, schlägt Steve vor. »Hau rein!«

Zum Glück scheinen meine Hände zu wissen, was sie tun, und das ist gut so, denn mein Gehirn ist so nutzlos wie immer. Ich schlage ein paar AC/DC-Riffs an, dann einen anständigen Metal-Galopp und einige Griffe aus *Paranoid* von Black Sabbath. Meine Pentatonische Tonleiter ist mörderschnell, und es dauert nicht lange, da sind die anderen Typen näher gekommen und nicken im Rhythmus mit den Köpfen. Fühlst es sich so an, wenn man vor zwanzigtausend kreischenden Fans ein Solo hinlegt?

Äh, wahrscheinlich nicht, aber es ist trotzdem ein ziemlich gutes Gefühl.

Plötzlich wenden sich alle Blicke von mir ab und nach draußen vor den Laden. Oh Mann, da ist die Hölle los – klingt wie eine Art Hundekampf … Eine Art Hundekampf!

Ich drücke die Gitarre einem der Kopfnicker in die Hand und stürze hinaus, wo ich staunend feststelle, dass Minty Ollies Labrador Bongo angreift.

»Aus, Minty!«, schreie ich und wundersamerweise gehorcht sie. Bongo versteckt sich hinter Ollies Beinen.

»Meine Güte«, sagt Ollie. »Du hast mir nie erzählt, dass du einen Hund hast.«

»Sie gehört mir auch nicht«, sage ich. »Ich führe sie nur für Mr Pitman spazieren.«

»Die ist ja total durchgeknallt!«

»Ich weiß«, sage ich.

»Mr Pitman?«, überlegt Ollie. »Ist das nicht der Typ, dem die Frau mit dem Mann vom Tesco-Lieferservice durchgebrannt ist?«

»Keine Ahnung«, sage ich. »Er wurde letztes Jahr geschieden.«

»Doch, meine Grannie wohnt in seiner Straße, und sie hat erzählt, Mrs Pitman wäre stundenlang in dem Tesco-Lieferwagen verschwunden. Meine Grannie fand das widerlich. Sie sagte, kein Wunder, dass das Brot immer so zerdrückt war.«

»Armer Mr Pitman«, sage ich. »Das wusste ich nicht.«

»Er hätte das Vieh hier auf die beiden hetzen sollen«, sagt

Ollie und deutet mit dem Kopf auf Minty. »Stell dir mal vor, du hättest ihre spitzen Zähne an deinen Eiern.«

Äh, lieber nicht, danke, Ollie.

Mittwoch, 26. Februar

10.20 Uhr: Allerheiligstes

Angespornt vom gestrigen Erfolg in Steve's Emporium verbringe ich den Vormittag damit, in meinem ledergebundenen Notizbuch die Bühnendeko für meine Band zu entwerfen. Ich habe jede Menge cooler Ideen:

1. Fernseher überall auf der Bühne, auf den Verstärkern und dem Schlagzeugpodium. Auf den Fernsehern könnte statisches Rauschen zu sehen sein, wie in diesen japanischen Horrorfilmen.
2. Bruchstücke abgerissener Gebäude, Ziegel, kaputtes Glas und ein bisschen Stacheldraht.
3. Wachsmodelle – aber richtig gruselige!
4. Ausgestopfte Tiere, alte Baumstümpfe und Ranken rund um die Lampen – mögliche Feuergefahr, aber gut, das Umweltbewusstsein der Leute anzusprechen.

Ich würde ja gern damit weitermachen, aber ich habe wie immer tonnenweise Hausaufgaben. Also schlage ich mein Französischheft auf und stelle fest, dass ich einen Aufsatz über meinen Heimatort schreiben muss, über seine

Angebote und wie man das alles noch verbessern könnte. Wie heißt Atombombe auf Französisch?

23.15 Uhr

Gerade ist mir eingefallen, dass Mum morgen Geburtstag hat. Da werde ich wohl was aus dem Gitarren-Fonds abzweigen müssen, um irgendwas für sie zu besorgen. Verdammter Mist. Wie soll ich mir die wundersame Jackson jemals leisten können, wenn ich dauernd Geschenke für andere kaufen muss?

23.20 Uhr

Andererseits könnte ich ihr ja auch irgendwas aus dem Schrott basteln, den ich hier im Haus finde. Das kostet mich nichts und wirkt viel aufmerksamer.

Donnerstag, 27. Februar – Mums Geburtstag

16.00 Uhr: Kino, im Film Oben

Oh mein Gott, dieser Film ist so traurig. Ich hab echt Mühe, nicht zu flennen. Ehrlich gesagt, flenne ich schon. Neben mir wischt sich Maddie auch über Augen und Nase. Mum sitzt dagegen wie immer mit staubtrockenen Augen und versteinertem Gesicht da. Ich bin überzeugter denn je davon, dass sie in Wirklichkeit ein Roboter ist.

Den Wäscheklammernbehälter, den ich ihr aus Pappe gebastelt habe, mochte sie aber trotzdem.

Freitag, 28. Februar

20.00 Uhr: Bei Davey zu Hause, zum Übernachten

Heute schon wieder ein Geburtstag – diesmal Daveys. Seine Mum und sein Dad haben ihm einen Laptop gekauft, ein iPad, Nike-Turnschuhe und einen Ferrari. Keinen echten Ferrari, aber eine Torte, die so aussieht. Dieses ganze Zeug stellt den Rasierschaum von Boots, den ich ihm geschenkt habe, ein bisschen in den Schatten. Aber trotzdem, mit einem iPad kannst du dich nicht rasieren.

Oder etwa doch?

20.10 Uhr: Daveys Allerheiligstes

Ich bin so vollgefressen mit Pizza, Cola und Ferrari, dass ich mich kaum noch rühren kann. Ich muss sagen, Davey kann echt essen wie ein Scheunendrescher. Gerade greift er auch noch in eine Riesentüte mit scharfen Käse-Doritos.

»Meine Güte, Davey«, sage ich. »Sollte Essen jemals olympische Disziplin werden, dann wirst du dreifacher Goldmedaillengewinner!«

»Danke«, sagt Davey und legt die Tüte weg.

Davey ist eines dieser Kinder, die mit normalen Eltern

gesegnet sind. Eltern, die ihm beispielsweise einen Fernseher, eine Xbox, PlayStation, DVD-Player und Computer in seinem eigenen Zimmer erlauben. Wir spielen gerade »Call of Duty« und ich versage kläglich. Das passiert eben, wenn man die neuesten Sachen nicht zu Hause hat, um zu üben. Eigentlich sollte ich meine Mum wegen emotionaler, physischer und technologischer Vernachlässigung verklagen.

2.15 Uhr: Immer noch in Daveys Allerheiligstem, inzwischen dunkel

Wie immer bin ich als Einziger noch wach. Es ist auch schwer, Ruhe zu finden, weil Davey mir dauernd mit seinen Armen im Gesicht herumfuchtelt und Ollie in einer Tour pupst. Der Letzte, den er gelassen hat, stank dermaßen, dass es mich wunderte, dass er kein Loch in den Schlafsack gebrannt hat. Noch dazu summt und blinkt Peters Handy permanent. Ob ich heute Nacht wohl überhaupt in den Schlaf finde?

5.30 Uhr

Nein.

Samstag, 29. Februar

Schlafen – Gitarre – Ente – Schlafen.

Sonntag, 1. März

Schlafen - Gitarre - Ozzy - Schlafen.
Eines meiner besseren Wochenenden. :)

Montag, 2. März

18.00 Uhr: Allerheiligstes

Ich sollte ein bisschen mit Gewichten trainieren, aber ich habe keinen Bock drauf. Ich glaube, ich habe einfach nicht den Körper, der Muskeln entwickelt. Eigentlich sollte ich aufhören, so auf Äußerlichkeiten fixiert zu sein, und lernen, zufrieden mit meinem Körper zu sein.

18.05 Uhr

Ich frage mich, ob es Bizepsimplantate gibt …

Dienstag, 3. März

16.15 Uhr: Thronsaal (auch bekannt als Badezimmer) beim Schrubben von Ozzys Käfig

Ozzys Käfig ist jetzt blitzblank, aber es gibt ein Problem. Anscheinend hört eine Toilette auf zu funktionieren, wenn man riesige Mengen Sägespäne reinwirft. Ozzy und ich sehen fasziniert zu, wie das Wasser wirbelt und beängstigend hochsteigt. Wie ein großer Topf mit kochenden ... Sägespänen.

»Shit«, sage ich.

Ozzy sieht mich mit seinen Knopfaugen an und muckert, was klingt, als würde er »duuk« sagen.

»Du brauchst dir keine Sorgen zu machen«, sage ich. »Dich mag Mum.«

16.35 Uhr

Ich habe es geschafft. Die Toilette funktioniert wieder, aber es waren drastische Maßnahmen nötig, und ich fühle mich leicht traumatisiert.

Mittwoch, 4. März – noch, vier Monate bis zu meinem 16. Geburtstag

8.20 Uhr: Hinter dem verbotenen Portal

Ich habe per Post eine Gratis-Probe luxuriöser, ultra-saugstarker Inkontinenzeinlagen erhalten. Das geht jetzt wirklich zu weit. Ich werde mich beim Briefträger beschweren müssen.

Noch vier Monate bis zu meinem Geburtstag. Also bleiben mir noch vier Monate, um eine Freundin zu finden, Children of Bodom live zu hören, *One* von Metallica zu lernen, mir ein Piercing und/oder Tattoo machen zu lassen, mich in einen so coolen und starken Typen wie mein Dad zu verwandeln und auf die wundersame Jackson zu sparen.

Auf einmal kommen mir vier Monate nicht mehr besonders viel vor.

Donnerstag, 5. März

19.30 Uhr: Pfadfinder

»Heute Abend machen wir ein Musikquiz!«, ruft Shaun. (Er gerät ziemlich leicht in Aufregung.) »Ich bin mir sicher, ihr möchtet euch alle bei Jess und Lucy dafür bedanken, dass sie das vorbereitet haben.«

Jess und Lucy tragen pinkfarbene Haarbänder und kichern viel, was meiner bescheidenen Ansicht nach kein gutes Zeichen ist. Anmerkung für mich selbst: Die beiden sind definitiv kein potenzielles Girlfriend-Material.

Ich tue mich mit Peter zusammen, in der Hoffnung, dass er die Fragen zum Thema Pop beantworten kann, und mit Nick Armstrong, weil er sonst niemand hat, was aber vor allem daran liegt, dass er dauernd Nase bohrt. Wenig überraschend schneiden wir mies ab, weil es keine Fragen zu Susan Boyle und keine einzige zu Metal gibt. Was für ein Musikquiz soll das überhaupt sein? Ein bescheuertes, muss man wohl sagen.

Ich beklage mich bei Shaun, der meint, er sei überrascht, dass ich die Frage über U2 nicht beantworten konnte, wo ich doch so ein Gitarrenfan bin (seine Formulierung). Shaun verkündet außerdem, dass The Edge der wahrscheinlich beste Gitarrist aller Zeiten ist.

Ich widerspreche und sage: »Ach, aber kann er länger als fünf Minuten mit zweihundertachtzig Beats pro Minute spielen?«

Shaun will darauf schon antworten, aber ich lege nach: »Kann er spielen und gleichzeitig singen und von einem Auto runterspringen?«

»Woher soll ich das wissen?«, sagt Shaun irritiert.

»Alexi Laiho von Children of Bodom kann das«, sage ich.

Shaun tut so, als müsse er das Halstuch bei einem der jüngeren Pfadfinder richten. Er ist eben ein ziemlich miserabler Verlierer.

22.10 Uhr: Allerheiligstes

Ich frage mich, ob ich wegen The Edge netter zu Shaun hätte sein sollen. So werde ich mein Musikerabzeichen wahrscheinlich nie kriegen.

Freitag, 6. März

20.30 Uhr: Küche

Ich bin erschöpft. Zuerst habe ich Minty spazieren geführt, danach Mrs Harris' winzigen orangefarbenen Pudel Cindy-Lou. Ich fürchtete mich davor, jemand aus der Schule zu begegnen, deshalb nahm ich eher abgelegene kleine Straßen, aber wer musste dann um die Ecke der Dukes Avenue biegen? Niemand anders als die wunderbare (nicht wirklich) Lydia und ihre BFF Becky.

»Hi, Josh«, sagte Becky. »Hübscher Hund.«

Ja, ja, sehr witzig!

Ich schlug den Kragen meiner Jacke hoch, senkte den Kopf und eilte weiter, während ich so tat, als würde ich sie nicht kennen. Jetzt habe ich eine schmerzende Beule von der Parkuhr, gegen die ich gelaufen bin, aber wenigstens bekam ich fünf Pfund von Mrs Harris. Sie hält mich für einen »reizenden jungen Mann«. Leider ist sie über achtzig und daher auch kein potenzielles Girlfriend-Material.

Der Gitarren-Fonds steht jetzt bei sechsundneunzig, zweiundneunzig Pfund plus drei Euro und einem grünen Knopf. Ich habe keine Ahnung, wo der Knopf herkommt, aber wenn er nicht zufällig vierhundert Pfund wert ist, bin ich noch eine Million von der Jackson entfernt.

Samstag, 7. März

18.10 Uhr: Thronsaal

Es ist Samstag, was bedeutet, dass zu meiner höchsten Freude die allwöchentliche Tortur in der Wiederbelebten Ente ansteht. Wenn es nach mir ginge, dann könnte die Ente ihren letzten Atemzug tun und in Würde versterben. Aber bitte, während andere Teenager sich in Buswartehäuschen küssen und einfach eine gute Zeit haben, werde ich meine Arme bis zu den Ellbogen in Seifenlauge tauchen und, wenn ich wirklich Glück habe, ein paar Salatgarnituren arrangieren dürfen.

Eigentlich sollte ich mich für die Arbeit fertig machen, aber stattdessen bleibe ich einfach auf dem Klo hocken und lausche den melodischen Klängen von Cannibal Corpse aus meinen Ohrstöpseln. Mein Blick verschwimmt und ich nehme das Durcheinander im Bad nicht mehr wahr. Die ganzen Sprays, Lotionen und Cremes meiner Schwester. Ich frage mich, wo sie bloß die Energie hernimmt, sich um Dinge wie rissige Nagelhaut zu kümmern.

Ich werde langsam schläfrig, als plötzlich die Tür einen Spalt breit aufgeht, was mir leichte Panik verursacht. Zum Glück ist es nur Ozzy (mal wieder aus seinem Käfig entwischt). Fröhlich rollt er im Toilettenpapier herum.

»Ozzy, du bist mein einzig wahrer Kumpel«, erkläre ich ihm.

»Duuk, duuk«, stimmt Ozzy zu.

»Versprich mir, dass du mich nie verlässt.«

»Duuk, duuk.«

»Nach den Prüfungen gibt's einen Ball«, erzähle ich weiter. »Das ist noch eine Ewigkeit hin, aber was, wenn ich dann der Einzige ohne Freundin bin? Stimmt, momentan hat keiner meiner Kumpel eine Freundin, aber Ollie und Davey sind reich und können ein Mädchen bestechen, damit es mit ihnen hingeht. Und Peter ist sowieso fast sicher schwul.«

18.15 Uhr

Vielleicht sollte ich auch behaupten, schwul zu sein. Ein schwuler Metalhead? Na ja, der eine Typ von Judas Priest hat das durchgezogen.

Nein, das wäre der pure Selbstmord. Vielleicht würden mir dann Jungs nachstellen. Vielleicht hätte Peter es dann auf mich abgesehen!

»Oh Gott, was soll ich bloß machen, Ozzy? Lass mich an deiner Frettchenweisheit teilhaben.«

Ozzy springt mir auf den Schoß, aber seine Pfoten verheddern sich im Kabel meiner Ohrstöpsel, sodass er den Halt verliert und mir eine Mordsschramme auf dem Oberschenkel verpasst. Es blutet und wird wahrscheinlich eine beeindruckende Narbe hinterlassen. Eine Schande, dass die keiner jemals sehen wird.

»Josh«, schreit Mum. »Was treibst du denn da oben? Es ist zwanzig nach sechs. Du kommst zu spät zur Arbeit.«

Tja, es geht um weitere fünfzehn Pfund, denke ich mir.

Also wische ich mir das Blut vom Bein und gehe mich umziehen. Unten am Treppenabsatz werfe ich einen Blick auf das Foto von Dad auf dem Schränkchen. Er lehnt sich irgendwo, wahrscheinlich in Schottland, an einen Zaun. Er sieht sehr gut aus. Das kann ich erkennen, obwohl ich definitiv nicht schwul bin. Und seine Arme sind sogar noch muskulöser als Clints! Eines ist mal sicher, ich werde nie auch nur halb so stark oder cool sein wie er war.

18.35 Uhr: Wiederbelebte Ente

Im Pub mustert mich Mrs Barnes von oben bis unten, geht einmal um mich herum, wobei ihre Augen weiter an mir auf und ab wandern, dann sagt sie: »Hmm. Ja, okay.«

Anscheinend findet Mrs Barnes mich vorzeigbar genug, sodass ich mich unter ihre (alles andere als) repräsentable Kundschaft in der Wiederbelebten Ente mischen darf. Allerdings sind meine Befugnisse streng begrenzt.

»Bestellungen aufnehmen, das ist schwerer als es aussieht«, erklärt sie mir. »Ich bin mir noch nicht sicher, ob wir dir das jetzt schon zutrauen sollen. Aber ich sehe keinen Grund, warum du nicht das dreckige Geschirr der Leute abräumen kannst.«

Wow! Da sage ich Danke, und das nächste kann dann nur Gehirnchirurgie sein!

In Wirklichkeit nicke ich aber nur. Für mehr fehlt mir die Energie. Irgendwie raubt der Job in der Ente mir den Willen, einen vernünftigen Satz zustande zu bringen. Aber egal, immerhin kriege ich damit die Chance, die Handschuhe auszuziehen, die ich angefangen habe zu benutzen. Ich habe bemerkt, dass ich davon an den Handgelenken ein bisschen Ausschlag bekomme, vermutlich bin ich allergisch auf Gummi. Das reißt ein universumgroßes Loch potenziell spannender Experimente aus meinem künftigen Sexualleben. Vorausgesetzt, ich habe überhaupt ein künftiges Sexualleben! Mit Tiefseetauchen wird es dann wahrscheinlich auch nichts.

Die Wiederbelebte Ente war mal ein lässiger Arbeiter-Pub, aber Mrs Barnes hat beschlossen, all das zu ändern und »aufzupolieren«. Sie zeigt mir die neue Speisekarte, die in Microsoft Word zusammengestoppelt und mit Clipart-Bildchen von grinsendem Besteck verziert ist.

»Das hat mein Neffe gemacht«, sagt sie. »Er ist erst so alt wie du, aber unglaublich geschickt mit Computern.«

»Das sieht man«, sage ich.

Statt der üblichen englischen Chips verkaufen wir jetzt Pommes frites mit Knoblauch-Mayonnaise. Statt Brötchen mit Käse und Tomate haben wir getoastete Panini mit Büffelmozzarella und gegrilltem Gemüse auf der Karte.

Derek ist damit jedenfalls schon mal nicht glücklich. »Ich kann die Sachen auf dieser Karte nicht mal aussprechen«, stöhnt er.

Er hat mein Mitgefühl, aber wenigstens ist dadurch mein Job, also das Herrichten der Salatgarnitur, ein wenig spannender geworden. Jetzt muss ich Karotten raspeln und Gurkenscheiben zu kleinen S biegen. Wenn nicht zu viel zu tun ist, schneide ich manchmal sogar kleine Vs in Tomatenhälften. Da ist plötzlich meine ganze Aufmerksamkeit gefragt.

»Tisch drei«, befiehlt Mrs Barnes. »Rasch, Joshua, wir wollen ja nicht, dass die Fliegen sich drüber hermachen.«

Als sie mir den Rücken zudreht, schlage ich die Hacken zusammen und salutiere, was Derek zum Lachen bringt. Er hustet und prustet noch in die Fritteuse, als ich schon ins Lokal rausgehe.

Meine Güte, erstaunlich, was die Leute auf ihren Tellern liegen lassen. Ich bin schon versucht, mir was vom Käse zu nehmen, aber Mrs Barnes beobachtet mich von der Bar aus wie ein Geier. Ich kann fast spüren, wie ihre Augen mir das Fleisch von den Knochen ziehen.

Michelle rauscht mit einem Tablett vorbei und ruft: »Tisch zwölf, drei Thunfisch-Panini und eine Ofenkartoffel mit Bohnen.«

Irgendwie gelingt es ihr, den Job sexy wirken zu lassen. Und anscheinend bin ich nicht der Einzige, der das so empfindet. Ich höre nämlich, wie ihr die gerade bedienten Gäste, eine Gruppe von ungefähr vier Kerlen, »Schätzchen« und Ähnliches nachruft.

Ach du Schreck! Einer klingt genau wie der Schwachkopf, den meine Schwester ihren Boyfriend nennt, alle anderen sagen »Clint« zu ihm.

Vorsichtig schaue ich mich um.

Es *ist* Clint!

Ich sause mit meinen dreckigen Tellern zurück in die Küche. Wenn dieser Dünnbrettbohrer mich sieht, kann ich mir das ewig anhören.

Michelle folgt mir in die Küche. Sie ist rot im Gesicht und sauer.

»Scheißkerl«, sagt sie.

Ich entschuldige mich, aber sie sagt, dass sie nicht mich gemeint hat. Anscheinend hat einer der Idioten an Tisch zwölf ihr in den Hintern gekniffen und gesagt, er würde ihr was für einen Lap Dance zahlen.

Widerlich, so was. Solche Typen sollten sich schämen.

22.30 Uhr

Auf dem Heimweg frage ich mich, ob der Typ, der Michelle sexuell belästigt hat, Clint war. Es würde mich nicht überraschen, denn der Typ ist ein Scheißkerl, und das finde nicht nur ich. Mum hält auch nicht viel von ihm. Aber egal, wer es war, das war echt unverschämt, die Sache mit dem Lap Dance vorzuschlagen. Obwohl ich mir vorstellen kann, dass Michelle darin ziemlich gut wäre. Die Figur dafür hat sie jedenfalls …

Sonntag, 8. März

10.10 Uhr: Küche

Als ich nach unten komme, treffe ich auf Mr Coles von gegenüber, der gerade unseren Tiefkühler repariert. Auf dem Boden liegen überall nasse Päckchen mit TK-Gemüse und Fischstäbchen herum.

»Was geht ab, Kumpel«, sagt Mr Coles und legt den Schraubenzieher aus der Hand. »Hast du schon eine Freundin?«

Was haben die bloß alle? Die sind ja noch mehr drauf fixiert, dass ich eine Freundin finde, als ich selbst.

»Er konzentriert sich auf die Schule«, sagt Mum stolz.

»Ah«, sagt Mr Coles. »Das hätte ich auch machen sollen, aber in seinem Alter war ich dauernd unterwegs und hab's krachen lassen. War die beste Zeit meines Lebens.«

»Oh ja, bei mir auch«, sagt Mum und hat so ein seltsames Glitzern in den Augen.

Ich frage mich, wie schwer es sein kann, zwei Menschen mit einem Schraubenzieher und einem Sack halb gefrorener Erbsen umzubringen. Dann beschließe ich, lieber wieder nach oben zu gehen, bevor die dunkle Seite meines Charakters versucht, es rauszufinden.

Montag, 9. März

8.15 Uhr: Haustür

Unser Postbote erklärt mir, ich hätte ihm den ganzen Tag gerettet, als ich mich bei ihm über die Rentnerpost beschwere, die ich dauernd kriege. Er lacht dermaßen, dass es aussieht, als würde er sich gleich in die Hose machen.

Wenn er es wirklich tut, hat er vielleicht auch mehr Verständnis für meine Inkontinenzeinlagen.

18.45 Uhr: Küche

Meine Schwester lernt bei Fringe Benefits, dem Friseursalon, wo sie arbeitet, gerade, wie man Ohrlöcher sticht.

»Toll!«, sage ich. »Dann kannst du ja meine stechen.«

»Du wirst dir keine Löcher in die Ohren stechen lassen!«, verkündet Mum so giftig, als hätte ich sie gefragt, ob ich im Wohnzimmer eine Oben-Ohne-Bar eröffnen könne.

»Total viele Leute haben gepiercte Ohren, Mum«, sage ich. »Du doch auch!«

»Ich bin auch ein Mädchen«, sagt Mum.

Äh, Mum. Tut mir leid für dich, aber du bist seit ungefähr dreißig Jahren kein Mädchen mehr.

»Versprich mir, dass du ihm keine Ohrlöcher stichst, Maddie«, sagt Mum als Nächstes.

»Ich versprech's«, sagt meine erbärmliche, superbrave, feige Schwester.

Dienstag, 10. März

12.40 Uhr: Kunstrasen (auf dem Schulsportgelände)

»Und«, fragt Ollie, »hat irgendjemand in letzter Zeit interessante Post gekriegt?«

»Ich nicht«, sagt Peter.

»Nö«, sagt Davey. »Ich bekomme immer nur Werbung für Extremsport-Urlaub und schnelle Autos. Ihr wisst schon, was junge Leute eben so kriegen.«

»Genau, ich auch«, sagt Ollie. »Immer noch besser als dieses Zeug für so richtig alte Leute mit peinlichen Gesundheitsbeschwerden!«

»Was hat die denn an?«, frage ich und zeige auf ein x-beliebiges Mädchen aus der Siebten in total normaler Schuluniform. Ich musste schnell das Thema wechseln, denn schließlich kann ich ihnen ja schlecht berichten, dass ich mit der Post Inkontinenzeinlagen erhalten habe.

Mittwoch, 11. März

16.30 Uhr: Parkplatz vor dem Musiktrakt

Ich gebe Mr Trumper zu bedenken, dass Musik im Rahmen der Abschlussprüfungen beliebter wäre, wenn man außer Klassik, Weltmusik usw. auch die verschiedenen Genres und Sub-Genres von Metal durchnehmen würde.

Mr Trumper meint, wahrscheinlich sei Metal als Genre nicht einflussreich genug.

Ich sage, im Gegenteil, denn mit ihren Wurzeln im Blues und der psychedelischen Rockmusik waren die ersten Metal-Bands wie Sabbath und Deep Purple ausgesprochen einflussreich. Mit Verzerrung durch Verstärker, ausgedehnten Soli und der generell hohen Lautstärke inspirierten sie viele andere Genres wie Punk, Grunge und sogar New Wave.

Darüber hinaus brachten diese Anfänge von Metal eine Vielzahl von Sub-Genres hervor, unter anderem, aber natürlich nicht nur: Thrash, geprägt von Bands wie Metallica; Glam Rock, wie zum Beispiel Mötley Crüe, Black Metal wie Mayhem, oder Death Metal wie ihn Slayer und Morbid Angel spielen. Aus Death Metal wiederum entstanden mehrere Sub-Sub-Genres, darunter auch Melodic Death Metal, etwa von Children of Bodom. Dann gibt es da natürlich noch Melodic Metal Core und Melodic Death Core.

Mr Trumper meint, er müsse jetzt wirklich los, weil er das Eisen im Ofen gelassen habe, aber er würde das dem Prüfungsausschuss ganz bestimmt mal vorschlagen.

Für mich selbst wird das zu spät sein, aber ich habe das Gefühl, allen künftigen Metalheads, die ihre Optionen bei der Abschlussprüfung in Erwägung ziehen, einen Riesengefallen getan zu haben.

23.10 Uhr: Allerheiligstes

Eisen im Ofen?

Donnerstag, 12. März

15.50 Uhr: Zu Fuß auf dem Heimweg von der Schule

»Du wirst es also echt machen«, sagt Ollie.

»Ja«, sage ich. »Wahrscheinlich morgen Abend, wenn Mum bei Oma ist.«

»Aber wird sie nicht ein bisschen, äh, sauer sein?«, sagt Ollie.

»Außer sich vor Wut«, sage ich.

»Das denke ich mir«, sagt Ollie. »Kumpel, du schaust dem Tod direkt ins Auge.«

»Jetzt hör mal«, sage ich, »ich bin fast sechzehn. Da muss Mum akzeptieren, dass sie nicht jeden noch so kleinen Bereich meines Lebens kontrollieren kann.«

»Hmm«, macht Ollie.

22.00 Uhr: Allerheiligstes

Der Tod schreckt ihn nicht
Den kriegerischen King
Durchbohrt ist sein Gesicht
Mit Bolzen, Dorn und Ring.

Aus dem Album: *Dem Tod direkt ins Augen schauen* von Josh Walker

Freitag, 13. März – für manche ein schwarzer Tag. Für mich wahrscheinlich auch.

18.15 Uhr: Allerheiligstes

»Bist du sicher, dass du nicht mitkommen und Oma besuchen willst?«, fragt Mum.

»Tut mir leid«, sage ich. »Ich würde ja gern, aber ich habe Tonnen von Hausaufgaben.«

»Wir können auch erst ein bisschen später gehen«, sagt Mum. »Bist du in einer Stunde damit fertig?«

Ich schüttele den Kopf. »Nein, sorry. Es ist echt viel.«

»Und das muss alles heute Abend fertig sein?«

»Fürchte schon.«

»Na schön, dann nicht.«

Endlich geht Mum. Ich lausche, bis die Haustür zufällt, dann laufe ich ans Fenster und sehe ihr nach, wie sie die Straße entlangstolziert. Klasse. Sie sollte mindestens zwei Stunden weg sein, was bedeutet, dass mir massig Zeit bleibt, um mein Vorhaben in die Tat umzusetzen!

18.45 Uhr: Badezimmer

Neugierig öffne ich den Behälter mit dem Piercing-Werkzeug meiner Schwester und schaue hinein. Es sieht ein bisschen kompliziert aus. Es gibt eine Menge Einzelteile, und die Nadel selbst wirkt leicht Angst einflößend, fast wie ein überdimensionaler Hefter.

Hm. Vielleicht sollte ich ein wenig Gitarre spielen, um mich zu entspannen, bevor es zur Sache geht. Schließlich habe ich jede Menge Zeit.

19.00 Uhr: Allerheiligstes

Ich will gerade mit meiner Grifftabelle für *One* von Metallica loslegen, als vom Treppenabsatz ein lauter Schrei ertönt.

»Bitte, Josh«, ruft meine Schwester. »Die ist riesig.«

»Was ist denn?«, frage ich.

Meine Schwester zeigt auf den Boden in ihrem Zimmer.

»Uaah, ist die groß, Josh«, sagt meine Schwester und beginnt krampfartig zu zittern.

Ich schaue auf die zugegeben verdammt gewaltige Spinne und danach fällt mein Blick aus irgendeinem Grund auf den Haufen Wäsche auf dem Boden …

»Ich nehm sie und bring sie nach draußen«, sage ich, »wenn du auch was für mich tust. Wenn nicht, setze ich sie in deine Unterwäscheschublade.«

Meine Gemeinheit überrascht mich selbst. Meine Stimme klingt auf einmal superfies.

Maddie mustert mich mit einer Mischung aus Hass und Entsetzen, also fast wie immer.

»Das würdest du nicht machen«, sagt sie.

»Weißt du, ich glaube, es ist eine Tarantel«, sage ich. »Und sie ist dermaßen fett, dass sie trächtig sein könnte. Die lieben so kuschelige Plätze als Nest, zumindest habe ich das gehört, Plätze wie … Unterhosen.«

Meine Schwester macht ein Gesicht, als würde sie gleich anfangen zu heulen, und ich schäme mich ein bisschen, aber jetzt kann ich nicht mehr zurück. »Angeblich kriegen die sechs Millionen Junge«, sage ich.

»Was verlangst du denn von mir?«, stöhnt sie.

Ich zeige stumm auf ihr Piercing-Kit auf dem Badezimmerschränkchen.

»Aber ich habe Mum versprochen, deine Ohren nicht anzurühren.«

»Wer redet denn von meinen Ohren?«, sage ich.

»Nicht deinen Penis!«

»Nein, auch nicht meinen Penis! Meine Güte! Es geht um meine Augenbraue. Ich will, dass du mir die Augenbraue piercst.«

Meine Schwester willigt widerstrebend ein, aber erst, nachdem ich die Spinne weggemacht habe. Sie folgt mir in sicherer Entfernung die Treppe runter und beobachtet, wie ich sie über die Mauer zu den Nachbarn werfe. Dann dreht sie sich um, rast wie Usain Bolt die Treppe hoch und sperrt sich im Bad ein.

»Tut mir leid, Josh«, ruft sie, »aber Mum würde mich umbringen. Du weißt doch, wie sie bei so was ist. Oh, und übrigens, deine Augenbrauen sind sowieso ziemlich buschig. Da willst du nicht auch noch die Aufmerksamkeit drauf lenken.«

Verdammter Mist!

Sonntag, 15. März

11.20 Uhr: Badezimmer

Buschig? Die sind bestimmt nicht buschig. Ich glaube, das Wort, das meine Schwester gesucht hat, war »männlich«.

Montag, 16. März

12.30 Uhr: Mit Davey auf dem Kunstrasen hockend

»Findest du meine Augenbrauen buschig?«, frage ich Davey.

»Also, wenn du aufhörst, sie dauernd rauf und runter zu bewegen, kann ich's dir sagen«, meint er.

Ich halte meine eigensinnigen Brauen im Zaum und versuche, möglichst normal dreinzuschauen. »Also?«

»Die sind prima.«

»Nicht ein bisschen in Richtung pelziger Raupen?«

»Sie sind prima!«

»Okay. Danke. Was hast du als Pausenbrot?« Normalerweise macht Daveys Mum ihm so eine Art dreigängiges Bankett mit Michelin-Stern für die Mittagspause.

»Nichts«, sagt Davey.

»Na so was«, sage ich. »Möchtest du ein paar Chips?«

»Nein, möchte ich nicht«, sagt Davey. »Und warum isst du eigentlich immer die mit Räucherspeck-Geschmack, die stinken dermaßen.«

»Ich dachte, du magst Räucherspeck«, sage ich.

»Nicht mehr«, sagt Davey.

»Ja, klar.«

Davey seufzt. »Ist es echt zu viel verlangt«, sagt er, »wenn ich so, wie ich bin, respektiert und gemocht werden will?«

»Äh, nun ja, in deinem Fall wahrscheinlich schon«, sage ich.

»Danke!«, sagt Davey und springt auf. »Vielen Dank auch!«

»Das war nur ein Spaß, Davey«, sage ich. »Ich mag dich. Und, äh, ich respektiere dich …«

Aber er kommt nicht wieder.

22.05 Uhr: Allerheiligstes

Der Gitarren-Fonds beläuft sich auf hundertvierundvierzig Pfund und sechsundsiebzig Pence. Das reicht nicht. Ich werde noch eine andere Möglichkeit finden müssen, um ein bisschen Geld zu verdienen.

Dienstag, 17. März

13.10 Uhr: Kunstrasen

Davey ist heute nicht in der Schule. Das klingt vielleicht gemein, aber ich kann nicht behaupten, dass ich das bedaure, weil er in letzter Zeit echt schlecht drauf war.

Ich frage Ollie, wie er eigentlich zu Geld kommt, und er sagt: »Ich bin ein bezahlter Sexsklave.«

»Das hättest du wohl gern«, sage ich.

»Genau genommen«, sagt er, »geben es mir meine Eltern einfach, aber du kannst ja auch immer Zeitungen austragen.«

Zeitungen austragen! Warum bin ich da nicht früher draufgekommen?

Mittwoch, 18. März

Wegen dem Zeitungsaustragen bin ich richtig aufgeregt. Ich male mir aus, wie ich frühmorgens im Sonnenschein munter ausschreite, während die Vögel zwitschern (richtig singen, nicht Tweets von sich geben), der Wind mir das Haar zerzaust und ich meine Kopfhörer auf volle Lautstärke gestellt habe. Ich beschließe, noch auf dem Heimweg von der Schule beim Zeitungshändler Hooper reinzuschauen.

16.20 Uhr: Bei Hooper

Ich frage Mr Hooper, ob er Bedarf an einem Zeitungsjungen hat.

Mr Hooper mustert mich von oben bis unten und sagt: »Ist das die Sorte Job, wo du dich in drei Jahren siehst?«

»Also, äh, nicht unbedingt«, sage ich. »Dann werde

ich wahrscheinlich aufs College gehen, vielleicht auf die Uni …«

»Dann vergiss es«, sagt er. »Es gibt eine Warteliste und dauert etwa drei Jahre.«

Donnerstag, 19. März

19.20 Uhr: Pfadfinder

Shaun ist heute Abend sehr aufgeregt, weil St Patrick's Day gerade mal zwei Tage her ist. Er sagt, wir werden ihn gleich auf eine typisch irische Weise begehen. Leider heißt das nicht, dass wir Unmengen an Guinness trinken.

19.40 Uhr

Shaun wirft Peter vor, ein Spielverderber zu sein, weil er sich weigert zuzulassen, dass ein paar jüngere Pfadfinder ihm den Kopf grün anmalen. Peter behauptet, Grün stehe ihm nicht, und verzieht sich beleidigt mit seinem Handy.

Mir macht es sogar ein bisschen Spaß, mich anmalen zu lassen, vor allem, weil die Malerin Stephanie Nagle ist. Sie hat zwar nicht die gleichen Qualitäten wie Michelle, aber sie ist trotzdem eindeutig potenzielles Girlfriend-Material. Ein bisschen fühlt sich das an, als bekäme man eine Kopfmassage, wenn man von der Farbe absieht, die einem hin und wieder in Augen, Nase und Mund läuft. Stephanie strahlt mich an, und ich frage mich, ob ich es riskieren soll, ihr eine Verabredung vorzuschlagen. Wenn sie ablehnt, wäre das superpeinlich, aber andererseits wird aus Punkt 1 auf meiner Liste nie etwas, wenn ich nicht auch mal ein paar Risiken eingehe. Außerdem habe ich dieses unbestimmte Gefühl, dass sie mich vielleicht sogar ganz attraktiv findet.

»Also, Stephanie …«, fange ich an.

»Igitt!«, ruft sie und tritt einen Schritt zurück. »Du bist ja der grüne Kobold aus Spiderman!«

Freitag, 20. März

21.00 Uhr: Allerheiligstes, beim Schreiben in mein ledergebundenes Notizbuch

Ich habe über einen Bühnennamen für mich nachgedacht und bin zu dem Schluss gekommen, dass Josh the Destroyer meine Persönlichkeit ziemlich gut ausdrückt. Aber wie soll ich es schreiben?

Josh the Destroyer
Josh the Destroyer
Josh the Destroyer
Josh the Destroyer
JOSH THE DESTROYER

Ich denke, die fünfte ist die Beste, und sie hat noch dazu den Vorteil, dass man sie kaum lesen kann. Denn: Je unleserlicher das Logo, desto mehr Metal ist die Band!

Samstag, 21. März

20.50 Uhr: Ente

Heute Abend schwebe ich auf Wolke 10. Michelle kam gerade vorbei und meinte, meine Salatgarnituren sähen echt professionell aus.

Erst dachte ich, sie verarscht mich, aber dann kam noch Derek dazu und sagte: »Meine Güte, Kumpel, du bist zu gut, um hier zu schuften. Das hat echt voll die Gurmee-Qualität von Miescheleng, das.«

Vielleicht sollte ich Koch werden, wenn ich groß bin?

Nein, ich muss standhaft bleiben: Gitarrengott oder Tod.

Ich wurde geboren, um die Axt anzuzünde'
Bis sie schreit wie vor Lust im Bett
Schmerz und Zorn beim Streicheln der Bünde
Knurrende Geräusche wie ein Typ mit Tourette.

Aus dem Album: *Guitar God or Death* von Josh the Destroyer

Sonntag, 22. März

15.15 Uhr: Allerheiligstes

Ollie ist vorbeigekommen, damit wir zusammen Mathe machen können. Wir vermuten, dass Mr Cain in absolut mieser Stimmung gewesen sein muss, weil er uns so viel aufgegeben hat. Es sind vier DIN-A4-Seiten mit Gleichungen zu füllen.

Als Ollie sich die Angaben anschaut, meint er: »Die sind verdammt schwer.«

Sie sind echt schwer. Das wird Stunden dauern, aber wenn man es mit einem Freund zusammen macht, ist es nicht so schlimm.

»Fang du schon mal mit der ersten an«, sage ich. »Ich muss noch eben aufs Klo.«

Als ich zurückkomme, sehe ich entsetzt, dass Ollie sich auf meinem Bett ausgestreckt hat und mein ledergebundenes Notizbuch durchblättert!

Mein Herz beginnt zu hämmern und ich werde knallrot.

»Was ist das denn?«, sagt er, als er mich bemerkt. »Warum hast du so oft Josh the Destroyer in komischer Schrift geschrieben?«

»Gib das her«, sage ich und bin mit einem Satz bei ihm.

»Und was sind das überhaupt für Namen?«

»Ollie, gib das her!«

Ich kriege das Buch zwar zu fassen, aber Ollie grapscht danach, sodass ich mit einer einzigen rausgerissenen Seite dastehe. Das erweist sich aber als gute Sache, weil Ollie jetzt endlich nachgibt und mir das Buch hinhält.

»Das sind nur Namen«, sage ich.

»Hä?«

»Von Bands.«

»Ich habe noch nie von denen gehört.«

»Von meiner Band. Wenn ich eine haben werde. Falls ich mal eine haben werde.«

»Verstehe«, meint Ollie nachdenklich. »Und Josh the Destroyer?«

»Mein Bühnenname. Ich hab damit experimentiert, äh, mit Schriftzügen.«

Ollie beginnt zu grinsen. »Du meinst, so was wie Autogramme?«

»Ja. Hör mal, du wirst doch nicht, äh ...«

»Jemand davon erzählen? Nein, nein.«

»Danke!«, sage ich. »Vielen Dank, Ollie. Weil dieses Buch ist privat und –«

»Schon gut, schon gut ...«

15.30 Uhr

Ich lasse Ollie auf YouTube Filme von Skateboard fahrenden Hunden anschauen, während ich unsere Mathehausaufgabe mache.

Die ganze.

Und zwar allein.

Ich kann immer noch nicht glauben, dass Ollie in Ordnung fand, was er getan hat. Ich würde doch nie die privaten, intimsten Geheimnisse von jemand lesen. Nie.

Montag, 23. März

10.35 Uhr: Das Kolosseum (auch bekannt als Schulturnhalle)

Ich muss gegen Lydia im Tischtennis antreten. Lydia gefällt sich in der Rolle eines Tischtennis-Gurus, deshalb muss ich sie schlagen. Es mag mich meine ganze Konzentration kosten, aber ich muss es hinkriegen.

»Dann komm schon«, stöhnt sie. »Bringen wir's hinter uns.«

»Ja, los«, sage ich.

»Das sollte ja nur ein paar Minuten dauern«, schnaubt sie.

»Dreißig Sekunden, höchstens«, sage ich. »Hey! Ich war noch nicht bereit.«

»Ist das etwa meine Schuld, wenn du nicht aufhören kannst zu quasseln …? Hey!«

Die nächsten paar Minuten erlebe ich wie verschwommen. Im wahrsten Sinne des Wortes. Der Ball schlägt in einem solchen Tempo auf den Tisch auf, dass es aussieht wie eine Zeichentrick-Version von Tischtennis. Wie in Warpgeschwindigkeit. Meist kann ich ihr bei jedem Punkt Paroli bieten, aber ein dummer Konzentrationsfehler bewirkt, dass sie jetzt einen Spielball aufschlägt.

»Los, Lyds«, ruft Becky gerade in dem Moment, als Lydia schlägt. Zu meinem Glück ist es ein lausiger Ball, der es mir ermöglicht, sie ordentlich abzustrafen. Rafael Nadal wäre stolz auf diesen Schmetterball.

»F**k!«, schreit Lydia. »Becky, du blöde Kuh, du hast mich rausgebracht!«

»Sorry«, sagt Becky.

Ich mache den nächsten Punkt und gewinne locker. »Spiel, Satz, Sieg«, verkünde ich.

Danach tanze ich ein bisschen herum, bis Mr Cox auf mich aufmerksam wird und mich von der Tischtennisplatte wegruft.

18.00 Uhr: Küche

Ich muss immer noch über die Sportstunde grinsen, als meine Schwester mir einen Dämpfer verpasst: Sie wird ihr Piercing-Kit zurückgeben müssen, weil sie die Kündigung von Fringe Benefits bekommen hat. Die Chance, Nummer 5 auf meiner Liste abzuhaken, ist daher erst mal dahin, außer sie bekommt einen neuen Job als Tattoo-Stecherin. Doch das scheint ziemlich unwahrscheinlich, denn sie ist künstlerisch ungefähr so begabt wie ein Käsecracker.

Ich schätze, ich sollte mehr Mitgefühl aufbringen, aber wir leben nun mal in harten Zeiten. Außerdem hat sie für nächste Woche schon ein Vorstellungsgespräch bei Gelockt und Gefärbt.

22.40 Uhr: Allerheiligstes

Beschließe, Gerockt und Gegerbt auf meine Liste der Bandnamen zu setzen, aber ich kann die Liste nirgends finden.

Dienstag, 24. März

20.20 Uhr: Allerheiligstes

Ollie schickt mir eine Nachricht. »Hey Josh the Destroyer, wie läuft's?«

Ich finde es unter meiner Würde, darauf auch nur zu antworten.

Mittwoch, 25. März

Jawoll! Meine Haare wachsen inzwischen über meinen Kragen. Ich achte darauf, sie jeden Abend darunter zu streichen, bevor Mum heimkommt. Kann gar nicht glauben, dass es ihr noch nicht aufgefallen ist. Oder vielleicht wird sie auf ihre alten Tage doch ein bisschen lockerer.

Nee.

Donnerstag, 26. März

20.55 Uhr: Pfadfinder

Heute Abend kochen wir vegetarisches Curry. Peters Mum hat die Zutaten besorgt, und weil sie nicht besessen davon ist, alles möglichst billig zu bekommen, haben wir zur Abwechslung mal ein paar ordentliche Sachen zum Verarbeiten.

Ich bin trotzdem sauer auf Peter, weil er sich dauernd mit seinem Handy absetzt. Gott weiß, was er damit treibt. Die Spiele, die er hat, sind Müll. Jedenfalls musste ich alle Zwiebeln und Karotten alleine schneiden. Stephanie Nagle hat mich ein paarmal freundlich angelächelt, aber sie läuft nicht mehr unter potenziellem Girlfriend-Material. Nicht seit ihrem Kommentar von wegen grüner Kobold.

Freitag, 27. März

14.35 Uhr: Turm des Schreckens

»Sarah Clegg, 28 von 30. Ausgezeichnet. Gut gemacht, Sarah.«

Mr Cain geht herum und teilt der Klasse unsere korrigierte Hausaufgabe aus.

»Andrew Parr, 9 von 30. Enttäuschend. Denk dran, dass du immer bis zum Ende kürzen musst. Ollie Hargreaves, 30 von

30. Fantastisch, Ollie. Das ist dein bestes Ergebnis im ganzen Jahr!«

Ja, genau, denke ich. Auch wenn er nicht viel dafür getan hat.

»Joshua Walker. Ah, ja, das ist interessant. Zusammen mit deinen Matheblättern – 30 von 30 – ich hoffe, du hast nicht von Ollie abgeschrieben! – hast du eine lange Liste abgegeben. Ich bin mir nicht sicher, was das ist. Lass mich mal sehen:

Vulgärer Sarg

Blutzauger – hier ist angemerkt »mit Z, nicht S«

Die Axtmänner kommän

Josh the Destroyer und die Bösen Ziegen

Äh, soll ich weitermachen?«

Ich merke, wie mein Gesicht rot und mein Hals trocken wird. Ein paar Leute haben schon angefangen zu kichern.

»Da wäre noch –«

»Ähm, nein, Sir. Bitte nicht weiterlesen«, bringe ich heraus.

»Tja, ich weiß ja nicht, wie der Rest der Klasse dazu steht, aber ich bin schon neugierig. Josh, was genau hat es damit auf sich?«

Samstag, 28. März

19.30 Uhr: Ente

Mrs Barnes zwingt mich heute, die Mülleimer auszuleeren. Die stinken schlimmer als Ozzys Frettchenklo.

Manchmal frage ich mich, was Dad sich denkt, wenn er auf mich runterschaut. Ist er stolz oder angewidert? Beeindruckt meine Hartnäckigkeit ihn oder ist er entsetzt davon, wie tief ich bereit bin zu sinken? Ich verkaufe meine Seele für die Jackson. Ich hab ja sogar schon drüber nachgedacht, meinen Körper zu verkaufen, aber den will ja wahrscheinlich keiner haben.

Sonntag, 29. März

20.30 Uhr: Wohnzimmer, mit X-Factor im Fernsehen

Weil ich es einfach nicht länger für mich behalten kann, gestehe ich Mum meine Riesenpeinlichkeit in Mathe am Freitag.

Sie hat keine Spur Mitleid. »Das Problem ist, Josh, dass du nicht in der echten Welt lebst«, sagt sie kopfschüttelnd.

1.15 Uhr: Allerheiligstes

Nein, Mum, das Problem ist, dass ich genau das tue.

Montag, 30. März

9.10 Uhr: Eingangshalle der Schule – alle starren mich an (aber nicht im positiven Sinne)

Es hat sich rumgesprochen, dass ich ein trauriger Loser bin, der sich bescheuerte Namen für Bands ausdenkt. Ich hätte nicht gedacht, dass ich, was meinen sozialen Status angeht, noch tiefer sinken könnte, aber das war ein Irrtum. Ich bin das menschliche Äquivalent zu einem Wurm. Nein, zu einem Parasiten im Gedärm eines Wurms. Ein …

Nein, ich denke, das trifft es.

Dienstag, 31. März

17.40 Uhr: Allerheiligstes

Ja! Gerade als ich dachte, sozial gesehen wäre alles wirklich total im A***, wurde ich zu einer Party eingeladen. Okay, der Rest der Klasse auch. Wahrscheinlich der ganze Jahrgang … Wahrscheinlich die ganze Schule, inklusive Lehrer, Referendare, Mensa-Personal und unser fünfundneunzig Jahre alter Hausmeister. Aber wenigstens nicht die ganze Schule außer mir!

Die Party ist Becky Calbags sechzehnter Geburtstag, und ihre Eltern mieten dafür einen ganzen Saal. Leider wird es eine Disco geben, aber höchstwahrscheinlich auch Alkohol. Und sogar Lady Gaga klingt okay, wenn man dicht ist.

Ich muss sagen, dass sie einem nicht viel Vorlauf gegeben hat (Becky, nicht Lady Gaga). Die Party ist schon am Samstag, und erstaunlicherweise hatte Mrs Barnes nichts dagegen, meine Schicht zu tauschen. Morgen muss ich losziehen und ein Geschenk besorgen. Wieder Geld aus dem Gitarren-Fonds nehmen! Und was schenkt man einer Sechzehnjährigen bloß zum Geburtstag? Ich habe keinen Schimmer.

18.10 Uhr

Meine Schwester schiebt ihren Kopf durch die Tür.

»Entschuldige mal, aber kannst du vielleicht anklopfen?«, sage ich.

»Entschuldige mal, aber die Tür war ja gar nicht zu«, sagt sie.

»Sie war angelehnt.«

Meine Schwester macht dieses typische Gesicht, bei dem sie die Augen schließt, den Kopf wegdreht und seufzt. »Hast du meine neue Mascara gesehen?«, fragt sie. »Ich habe sie gerade erst gekauft, und jetzt kann ich sie nirgends finden.«

»Nein«, sage ich, »und mach gefälligst hinter dir die Tür zu.«

Mittwoch, 1. April

7.10 Uhr: Allerheiligstes

»Wach auf, Josh«, sagt meine Schwester und schüttelt mich. »Es ist schon zehn nach neun. Du kommst zu spät in die Schule.«

»F***!«

Ich springe aus dem Bett und in meine Klamotten, werfe eine Portion Frettchenfutter in Ozzys Käfig und stürze zur Tür raus. Wenn ich renne wie verrückt, schaffe ich es, in zehn Minuten bei der Schule zu sein.

7.25 Uhr: Schule – menschenleer

Ich hasse meine Schwester. Aus tiefstem Herzen. Definitiv.

18.45 Uhr: Ente

An einem Mittwoch geht es in der Ente deutlich entspannter zu. Die Gäste sind hauptsächlich Rentner und Leute mit kleinen Kindern, kaum junge Erwachsene. Häufiger wird Cola verschüttet oder Pommes frites fallen auf den Boden – diese alten Leutchen haben dermaßen schlechte Tischmanieren! Aber insgesamt ist es millionenmal netter. Ich muss Mrs Barnes mal fragen, ob ich nicht regelmäßig am Mittwochabend arbeiten kann.

19.30 Uhr
Mrs Barnes sagt Nein, ich könne meine Schicht nicht auf Mittwoch verlegen. Sie brauche mich, wenn es albtraumhaft hektisch und laut ist und jede Menge grässlicher Jobs zu erledigen sind (meine Worte, nicht ihre).

Freitag, 3. April

16.20 Uhr: Beim Herumlungern
Meine wunderbare Schwester singt aus voller Kehle, weil sie gerade einen Anruf bekommen und erfahren hat, dass sie als Junior Stylist bei Gelockt und Gefärbt anfangen kann.

18.00 Uhr: Allerheiligstes
Die überschwängliche Freude meiner Schwester nervt langsam, also habe ich mich in mein Allerheiligstes zurückgezogen. Wenn ich mein Gehör schon opfere, dann höchstens der Metal-Musik, nicht dem unmelodiösen Gequieke meiner Schwester. Ganz ehrlich, meine Familie ist ungefähr so musikalisch wie Gemüsepastete. Eigentlich ein Wunder, dass ich überhaupt eine Note spielen kann.

18.15 Uhr
Noch ein Tag bis zur Party.

Nicht dass ich irgendwie aufgeregt wäre.

Samstag, 4. April – PAAAR-TIIIE!!!

19.40 Uhr: Allerheiligstes

Meine mich zu erinnern, dass es da heute so eine Art Party gibt. Peters Mum wird mich um 20.30 Uhr abholen, was bedeutet, dass mir noch ein bisschen Zeit bleibt, um zu anständiger Musik zu rocken, bevor die Disco-Schlacke mir die Gehörgänge verstopft. Ich schnappe mir meine brave Akustikgitarre und drehe zu Slayer auf.

21.00 Uhr: East Surrey Hospital – Ambulanz

»Und du sagst, das hast du dir beim Gitarrespielen zugezogen?«, sagt der Arzt und schaut auf meinen schrecklich geschwollenen Knöchel hinunter. »Wie genau ist das passiert?«

»Ähm.«

»Er tut so, als wäre der Fleck zwischen seinem Bett und dem Schrank eine Bühne und springt darauf rum«, erklärt meine Schwester ausgelassen.

»Das ist ja lächerlich«, sage ich.

»Na, wenigstens sind wir uns in dem Punkt mal einig«, verkündet meine Schwester.

»Nun ja«, sagt der Arzt, »für eine Weile wirst du mit diesem Fuß nicht herumspringen. Es ist zwar nichts gebrochen, aber dafür ordentlich verstaucht. Ich schlage vor, dass du dir das nächste Mal, wenn du wieder Gitarre üben willst, einen sicheren Platz aussuchst, wo du dich hinsetzt.«

»Also wirklich«, sagt meine Mutter, kaum dass der Arzt gegangen ist. »Du bist verrückter als das Frettchen.«

»Jetzt ehrlich, Mum«, sage ich. »Es war Ozzys Schuld, dass das hier passiert ist. Woher sollte ich denn wissen, dass er sich auf die Bü- … unters Bett schleicht. Äh, geht's ihm gut?«

»Ich weiß nicht«, sagt Mum. »Ich habe ihn nicht gesehen, aber ich bezweifle es, nachdem ein siebzig Kilo schwerer Jugendlicher auf ihn draufgefallen ist.«

»Ich bin nicht auf ihn gefallen«, sage ich. »Also, vielleicht habe ich ihm den Schwanz abgeklemmt.«

Meine Schwester schüttelt nur den Kopf und verschwindet, um sich einen Kaffee zu holen. Dafür erscheint eine Krankenschwester, um meinen Fuß zu bandagieren. Sie ist nicht unattraktiv (die Krankenschwester, meine ich). Sie ist sogar ziemlich süß.

»Wenigstens ist er nicht gebrochen, was?«, sagt sie.

»Stimmt.« Ich nicke. »Das brauche ich auch nicht noch mal. Ich habe mir den anderen Knöchel gebrochen, als ich mit dreizehn vom Fahrrad gefallen bin.«

Die Schwester lächelt. Sie ist total hübsch. »Ich weiß nicht, ihr Teenager seid so …«

Wild und furchtlos?

Mutig und impulsiv?

»Tollpatschig und dumm«, vollendet meine Mum den Satz. »Damals ist er rückwärts die Betonstufen vor Marks & Spencer runtergefahren. Erstaunlich, dass er sich nicht am Kopf verletzt hat. Obwohl, manchmal frage ich mich, ob nicht doch!«

»Was hast du denn da in der Tasche?«, fragt meine Schwester, die inzwischen mit einem Kaffee für sich und Mum – und nichts für mich, den Invaliden – wieder da ist.

Ich schaue nach unten. »Ach das, das –«

»Das ist meine Mascara!«, sagt sie. »Du dreckiger, verlogener Dieb!«

»Ähm, bitte still sitzen«, sagt die Krankenschwester.

»Wieso hast du dir meine Mascara gekrallt?«, hakt meine Schwester nach.

»Tut mir leid«, sage ich. »Die war für Becky. Ich wusste nicht, was ich ihr sonst …«

Meine Schwester stürmt wutschnaubend davon, und aus irgendeinem Grund muss ich schallend loslachen. »Entschuldigung«, sage ich zu der Krankenschwester.

»Da sehen Sie, was ich meine«, sagt meine Mum.

Sonntag, 5. April – noch drei Monate bis zu meinem sechzehnten Geburtstag!

Mum sagt, dass ich morgen in die Schule muss. Ich bin so deprimiert, dass ich mich kaum aufraffen kann, die Gitarre in die Hand zu nehmen.

Es ist nur noch ein Tag bis zu den Ferien, aber ich muss

trotzdem hin, weil meine Mum meint: »Du könntest was Wichtiges verpassen.«

Ja, klar.

Montag, 6. April

10.25 Uhr: Feld der Albträume

Kein Schulsport für mich. Kein Schulsport für mich. Alle anderen müssen nass werden und frieren, aber für mich gibt's keinen Sportunterricht!

Ich bin gut gelaunt, weil meine Mutter mich zur Schule gefahren hat (erstaunlicherweise bestand sie nicht darauf, dass ich hinkrieche) und weil ich die Sportstunde verpasse. Es hat etwas Großartiges, vollständig angezogen am Rand des Fußballfelds zu sitzen und zuzusehen, wie die anderen sich beinah zu Tode frieren; das ist es fast wert, sich den Knöchel zu verstauchen. Doch dann macht Ollie alles kaputt, weil er die Party erwähnt.

»Du hast am Samstag eine tolle Party verpasst«, sagt er. »Alle haben sich gefragt, wo du bleibst.«

»Echt?«, frage ich erstaunt.

»Na ja, ich und Davey eben.«

»Toll.«

»Und Becky«, fügt Peter hinzu. »Sie hat dauernd gesagt: Wann kommt denn euer dünner Kumpel?«

»Wie nett«, sage ich. »Kann ich was dafür, dass ich dünn bin? Ich trainiere eben, also, bisher zumindest.«

»Vielleicht hast du ja auch einen Bandwurm«, sagt Ollie und wackelt mit seinem Zeigefinger vor meiner Nase rum.

»Nein«, sagt Peter. »Das ist genetisch. Manche Kids sind einfach spindeldürr. Wahrscheinlich war dein Vater total dünn.«

»Um ehrlich zu sein«, sage ich, »hatte mein Dad die Statur eines russischen Gewichthebers – eher gedrungen und bärenstark.«

»Wie kann es dann sein, dass du ihm gar nicht ähnelst?«, sagt Peter.

»Vielleicht hatte seine Mum eine Affäre mit dem Briefträger«, sagt Ollie.

»Halt die Klappe, Ollie«, sage ich. »Nur weil ich nicht beim Sportunterricht mitmache, heißt das nicht –«

»Egal, wenn wir schon von Körperbau reden, was haltet ihr von Davey?«, fragt Peter und deutet mit dem Kopf aufs Spielfeld, wo Davey herumrennt und sich alle Mühe gibt, dem Ball auszuweichen.

»Er ist okay«, sage ich. »Ein bisschen ein Geek vielleicht …«

Aber es stimmt, Davey wirkt verändert. Im Wind sehen seine Klamotten irgendwie … leer aus.

Peter kommt etwas näher gerückt. »Meint ihr, er hat Probleme mit seinem Selbstbild?«

»Probleme mit seinem Selbstbild? Davey?«

»Auf der Party hat er kaum was gegessen«, sagt Peter.

»Ein Dorito«, pflichtet Ollie ihm bei.

»Na ja, vielleicht hatte er keinen Hunger«, sage ich.

Peter zuckt mit den Schultern und steht auf. »Wann hat man Davey jemals nicht hungrig gesehen?«

Dienstag, 7. April – Osterferien!!!

Ja! Osterferien. Irgendwie typisch, dass ich mich selbst ausgerechnet ein paar Tage vor den Ferien außer Gefecht setze. – Wahrscheinlich hätte ich mir mit Gartenarbeit für »Mums Leute« ein kleines Vermögen (die Betonung liegt auf »klein«) verdienen können. Na ja, immerhin braucht man keine funktionierenden Knöchel, um Gitarre zu üben. Das bedeutet, ich habe fast zwei komplette Wochen, um meine Akkorde für *One* von Metallica anständig zu üben. Ich sollte auch ein bisschen was für die Schule wiederholen, aber das kommt auf meiner Prioritätenliste weiter hinten. Schließlich muss ich nichts über die chemischen Reaktionen von Metallkarbonaten wissen, wenn ich erst mal eine superreiche Rocklegende bin!

Übrigens sind meine Haare jetzt lang genug, um sie zu einem winzigen Pferdeschwanz zusammenzubinden. Extrem winzig. Eigentlich eher ein Puschel, aber das Potenzial ist vorhanden.

Mittwoch, 8. April

9.40 Uhr: Allerheiligstes

F***ing blöde Drecksgitarre. F***ing dämlicher Song. F***ING F***ING FRUST! Blöde dicke Nylonsaiten, wollen einfach nicht nachgeben, Finger tun wie die Hölle weh, wahrscheinlich für immer kaputt. Und wo zum Teufel ist Bund 20?

10.05 Uhr

Widerstrebend muss ich einsehen, dass es unmöglich ist, *One* von Metallica auf meiner Akustikgitarre zu spielen. Nicht nur unglaublich, irremachend, fingerbrechend schwer, sondern unmöglich. Laut Seite 7 meiner Grifftabelle benutzt man bei *One* von Metallica den 20. Bund, aber meine miese Kindergitarre hat nur 18. Ich hätte mir eine Menge physischen und seelischen Schmerz ersparen können, wenn ich das gleich erkannt hätte. Ich schlage mein ledergebundenes Notizbuch auf und streiche »Ziel Nummer 2: Das legendäre *One* von Metallica beherrschen.« Ich werde es wieder hinzufügen, falls und sobald ich Ziel Nummer 4 erreicht habe, also die fabelhafte und wundersame Jackson kaufen.

Donnerstag, 9. April

Knöchel: im A*** und schmerzend.

Finger: im A*** und schmerzend.

Stimmung: im A***

10. April – Karfreitag

Laut meinem *Icons of Metal*-Kalender ist heute Good Friday, aber bislang kann ich wenig Gutes daran entdecken. Meine Schwester und Clint sind da und belegen das Wohnzimmer mit Beschlag. Als ich das letzte Mal hinsah, schob Clint gerade Schokolade in den Mund meiner Schwester! Ganz ehrlich: Ich wünschte, die beiden würden sich mal ein Zimmer nehmen. – Am besten in einem aktiven Kriegsgebiet.

Ich würde ja weggehen, aber mein Knöchel tut beim Auftreten immer noch höllisch weh.

Samstag, 11. April

19.00 Uhr: Die Ente

Leider kriege ich kein Krankengeld, also muss ich heute Abend meine Schicht in der Ente machen. Mum sagt, es wird mir guttun, mal aus dem Haus zu kommen, dabei meint sie eigentlich, dass es ihr guttun wird, Zeit für sich zu haben. Ich hätte ja gute Lust, all ihre Schrott-Zeitschriften zu verstecken. Aber es wird schon nett sein, Michelle und Derek zu sehen. Na gut, zumindest Michelle.

19.30 Uhr: Ente, am Spülbecken stehend

Mein Knöchel tut höllisch weh. Derek und Michelle haben Mitleid, aber Mrs Barnes sagt nur: »Du wäschst ja nicht mit den Füßen ab, also erwarte ich, dass diese Teller blitzblank sind.«

Was Geldgier angeht, müssten meine Mutter und sie verwandt sein.

12. April – Ostersonntag

Von meiner Schwester bekomme ich ein Dreier-Pack cremegefüllter Ostereier, allerdings fehlt schon eins. »Sorry«, sagt sie, »ich war auf einmal so hungrig. Haha!«

Meine Mum kauft mir ein kleines Ei, bei dem die Schokolade ungefähr ein Mikron dünn ist. Die Verpackung ist pinkfarben und mit einer Prinzessin drauf (im Ernst!).

13. April – Ostermontag

Mum und Oma haben einen Riesenstreit. Ich hörte, wie ein paar Mal der Name von meinem Dad fiel. Armer Kerl. Jetzt ist er seit fünfzehn Jahren tot und gerät immer noch in Schwierigkeiten.

Positiv ist, dass Oma mir ein Ei in angemessener Größe geschenkt hat.

Dienstag, 14. April

16.30 Uhr: Beim Herumlungern

Davey, Peter und Ollie kommen vorbei. Zum Glück ist Mum nicht da. Sie reagiert immer eigenartig, wenn ich mehr als einen Freund auf einmal zu Besuch habe. Gott weiß, was sie befürchtet, was dann passieren würde. Eine Sexorgie ist unter lauter Jungs ja wohl nicht zu befürchten. Wenn sich in dieser Hinsicht irgendjemand Sorgen machen sollte, dann höchstens Peters Mum.

16.32 Uhr

Oh mein Gott, warum habe ich bloß daran gedacht!

16.34 Uhr

Egal. Ollie fängt die Unterhaltung an, indem er fragt, ob irgendeiner auf jemand Bestimmten steht. Anscheinend gibt es da ein Mädchen an der Käsetheke bei Morrison's, die Jessica Alba wie aus dem Gesicht geschnitten ist. Irgendwie bezweifle ich das, aber Ollie lässt es sich nicht ausreden.

»Ich würde ja nicht mit Jessica Alba ausgehen wollen«, sagt Peter. »Die ist zu perfekt.«

»Außerdem«, erinnere ich ihn, »bist du ja auch mit an Sicherheit grenzender Wahrscheinlichkeit schwul.«

»Ja, vielleicht liegt's daran«, sagt er.

»Würdet ihr mit Jessica Alba ausgehen, wenn sie vierzig wäre?«, fragt Ollie.

»Kommt drauf an«, sage ich. »Jennifer Aniston sah mit vierzig gut aus, aber nicht alle altern so hübsch. Nehmt zum Beispiel meine Mum.«

»Deine Mum ist doch nicht so übel«, sagt Davey.

»Hör sofort damit auf, Davey!«, sage ich.

»Wieso hat sie eigentlich nicht wieder geheiratet?«, legt Davey nach.

»Vielleicht weil sie superstreng, gemein und frigide ist«, sage ich.

»Das würde es erklären«, stimmt Ollie mir zu.

»Wie auch immer«, sage ich, »für mich ist Michelle aus dem Pub das einzige Mädchen.« Das ist nicht ganz richtig, denn so, wie ich zurzeit drauf bin, würde ich auch mit Ollies Labradorhündin ausgehen, wenn sie auf den Hinterbeinen laufen und ein Kleid anziehen könnte, aber es ist besser, wenigstens so zu wirken, als hätte man gewisse Ansprüche.

»Ich glaube, mir ist es vorherbestimmt, Single zu sein«, sagt Davey. »Mädchen stehen nicht auf fette Jungs.«

»Fette Mädchen schon«, erkläre ich ihm.

»Du bist nicht fett, Davey«, lügt Peter. »Du bist bloß ... höhenmäßig eingeschränkt.«

»Doch. Bin ich«, sagt Davey. »Ich hatte ein bisschen abgenommen, aber dann hat Mum für Ostern massenhaft Schokolade gekauft, und ich, ähm ...«

»Du hast sie in dich reingestopft!«, vollende ich den Satz.

Peter wirft mir einen eigenartigen Blick zu. »Weißt du, Davey«, sagt er, »falls es irgendwas gibt, über das du reden willst ...«

»Nein, ist schon okay«, sagt Davey. »Lasst uns doch mal gucken, was in der Glotze läuft.«

Die nächste Stunde verbringen wir vor einer Sendung über Leute in Australien, die ihre Dates im Dunkeln haben (vielleicht ist das für mich in der Zukunft auch eine nützliche Strategie). Dann sagt Ollie, er müsse jetzt gehen, und es dauert nicht lange, bis die anderen auch aufbrechen.

An der Haustür dreht sich Peter noch mal zu mir um und sagt: »Du bist echt ein unsensibler Idiot, Josh, weißt du das?«

23.00 Uhr

Äh, nein, Peter, das wusste ich noch nicht.

Mittwoch, 15. April

16.45 Uhr: Allerheiligstes

Mum fragt, wie es meinem Knöchel geht, und ich begehe den lächerlichen Fehler, ihr zu sagen, prima.

18.10 Uhr

Mum bittet mich, den Recyclingmüll wegzubringen, Ozzys Käfig sauber zu machen, mein Zimmer aufzuräumen, den eingetrockneten Lehm von meinen Sportschuhen zu kratzen, die Waschmaschine auszuräumen und halbfette Milch vom Co-op zu holen. Mein Leben mit süßem Nichtstun ist nur noch eine ferne Erinnerung.

Ich kriege eine Nachricht von Ollie, der mich für Freitag zu sich nach Hause einlädt. Gott sei Dank.

Donnerstag, 16. April

4.10 Uhr: Allerheiligstes

Bin gerade schweißgebadet aus einem schrecklichen Albtraum aufgewacht. Mein Dad versuchte verzweifelt, mir irgendwas zu sagen, aber bevor ich ihn verstehen konnte, saugte meine Mum ihn einfach mit dem Staubsauger vom Sofa. Meine Güte, echt gruselig. Vielleicht bin ich jetzt nie mehr in der Lage staubzusaugen.Wäre kein großer Verlust.

Freitag, 17. April

14.30 Uhr: Ollies Allerheiligstes

»Machst du dir manchmal Sorgen darüber, dass du keine Freundin hast?«, frage ich Ollie.

»Nicht wirklich«, sagt Ollie. »Ich hab was Besseres!« Er greift unter sein Bett und holt einen Katalog von NEXT hervor.

»Okay«, sage ich, »aber wie soll das …?«

Er schlägt den Katalog auf den Seiten mit Damenwäsche auf.

»Oh«, sage ich, »verstehe schon, aber ist das nicht ein bisschen … na ja, ein bisschen öde und pervers?«

»Wahrscheinlich«, gibt Ollie mir recht. »Aber wenn ich dann mal eine Freundin habe, weiß ich wenigstens, was für Dessous ich ihr kaufen soll. Man muss sich bei den neuesten Trends und Entwicklungen auskennen. Mädchen mögen das.«

»Stimmt«, sage ich. »Da hast du vollkommen recht.«

»Nehmen wir doch zum Beispiel diese Balconette-BHs«, sagt Ollie. »Hier steht, sie stützen die vollere Brust.«

»Lass mal sehen«, sage ich, aber da klopft Ollies Mutter an die Zimmertür, und wir müssen den Katalog unter der Bettdecke verstecken.

Samstag, 18. April

14.35 Uhr: Küche

Ich frage meine Schwester, warum wir eigentlich den Katalog von NEXT nicht kriegen.

»Weil Mum und ich nicht wollen, dass du die Seiten mit der Damenunterwäsche begaffst«, sagt sie.

21.00 Uhr: Ente

Derek lässt mich heute Abend ein paar Scampi in seine Fritteuse werfen. Er meinte, wenn Mrs Barnes gerader nicht herschaut, könnte ich auch den einen oder anderen essen. Ja, mein Traum wird endlich wahr!

Sonntag, 19. April

13.30 Uhr: Küche

Ich höre, wie meine Schwester im Wohnzimmer zu Mum sagt, sie müsse für ihren neuen Job bei Gelockt und Gefärbt so viel Haareschneiden wie möglich üben. Daraufhin schlinge ich meine Frosted Flakes wie der Blitz runter, aber gerade als ich vom Tisch aufstehe, taucht Mum auf und reißt mir die Haare hinten aus dem Kragen. Meine Schwester verstellt mir inzwischen den Fluchtweg. Ich bin ein armer, in die Enge getriebener Fuchs, der nirgendwo mehr hin kann.

Ich sage zu meiner Schwester: »Wenn du mir so einen Justin-Bieber-Schnitt verpasst, dann rede ich nie wieder ein Wort mit dir.«

»Versprochen?«, fragt meine Schwester.

14.20 Uhr

Es ist zwar nicht Justin Bieber, aber sehr kurz.

Mum geht zur Begutachtung einmal um mich herum.

»Ausgezeichnet«, sagt sie zu meiner Schwester. »Sehr gepflegt und vorzeigbar.«

Gepflegt und vorzeigbar! Scheißleben.

Montag, 20. April

8.35 Uhr: High Street auf dem Weg zur Schule

Gerade habe ich die schlimmste Neuigkeit überhaupt erfahren: Davey hat eine Freundin! Mein Gott, wenn ich mir vorstelle, dass ich kurz davor war, Mitleid mit ihm zu empfinden.

Zugegeben, sie hat ihn bis jetzt noch nicht gesehen, zumindest nicht in Natura, aber sein Foto auf Facebook – das, bei dem ich ihm geholfen habe. Und jetzt prahlt er bei seinem Status damit »in einer Beziehung mit Tanya« zu sein.

Zum Kotzen. Dabei hat Davey weniger Sexappeal als ein Kuhfladen. Ein Kuhfladen von einer kranken Kuh, über dem ein Schwarm riesiger Fliegen schwebt. Ich komme wirklich nicht besonders gut damit klar.

Das liegt bestimmt auch daran, dass er rumstolziert wie ein aufgeblasener Pfau. Dabei hätte ich ihm mehr Taktgefühl zugetraut. Wir bleiben an der Kreuzung High Street stehen und drücken den Knopf der Ampel, auch wenn einen das wie die letzten dämlichen Hosenscheißer aussehen lässt.

»Ihre Haare sind naturfarben«, sagt er. »Nicht blondiert. Ich finde das besser, wenn's ihre eigene Farbe ist. Du auch?«

»Schätze schon«, sage ich. Dabei wäre es mir egal. Überhaupt irgendwelche Haare, das würde mir schon reichen.

»Und ihre Augen sind die blauesten, die ich je gesehen habe. Blauer als die von Megan Fox.«

Ach komm, jetzt behauptet er noch, sie sei schärfer als Megan Fox!

Ein Bus nähert sich ziemlich schnell, und ich bin versucht, ihn davor zu stoßen.

»Hast du deine Erdkundehausaufgabe gemacht?«, frage ich, in dem verzweifelten Versuch, das Thema zu wechseln. »Das mit diesen irischen Hügeln, diesen Drumlins.«

»Drumlins«, murmelt Davey verträumt. »Ich wette, Tanya hat auch tolle Drumlins.«

Leider ist der Bus inzwischen schon vorbeigefahren, und das grüne Männchen blinkt. Dann werde ich ihn wohl auf dem Heimweg umbringen müssen.

10.30 Uhr: Turm des Schreckens

Ich bin immer noch erschüttert von Daveys Neuigkeit. Damit ist es offiziell: Jeder Fünfzehnjährige in diesem Land außer mir hat eine Freundin. Ich empfinde den Druck schlimmer denn je, und er verleitet mich zu impulsivem Verhalten. Gabrielle Evans teilt Millimeterpapier aus. Gabby ist nicht gerade mit gutem Aussehen gesegnet. Sie trägt eine sehr dicke Brille und hat mehr Pickel und Flecken als ein Dalmatiner mit Masern, aber sie hat ganz ansehnliche Haare und eine passable Figur, was ja die Hauptsache ist. Es gelingt mir, wie zufällig ihre Hand zu berühren, als sie ein Blatt vor mich hinlegt.

Wow! Sie starrt mich entsetzt an. Und angewidert. Man könnte meinen, ich hätte gerade ein Sturmgewehr ausgepackt und alle anderen im Klassenzimmer niedergemäht. Gabby hasst mich, das ist damit schon mal klar. Ich werde meine Ziele tiefer stecken müssen.

11.05 Uhr: Auf dem Flur

Alice, deren Nachnamen ich vergessen habe, ist ungefähr einen Meter zwanzig groß. Ich mache die Tür zum Englischtrakt auf und gehe einen Schritt zur Seite, um sie für sie aufzuhalten. Dabei schenke ich ihr mein schönstes Lächeln. Sie formt mit ihren Lippen ein stummes »F*** you!«, was nicht gerade ein optimaler Einstieg in eine Unterhaltung ist, aber wenigstens kommunizieren wir miteinander.

Dienstag, 21. April

9.10 Uhr: Erdkunde

Becky Calbag stupst mich in den Rücken und sagt: »Deine Frisur gefällt mir.«

Ja, ja, warum nicht einen treten, der schon am Boden liegt? Mal ehrlich, ich weiß nicht, wie lange ich das noch packe.

18.30 Uhr: Allerheiligstes

Okay, die naheliegende Methode, um eine Freundin zu finden (also nett sein), hat nicht funktioniert. Also muss ich mir eindeutig was … Drastischeres einfallen lassen.

19.10 Uhr

TOD ALLEM AUSSER METAL

~~Attraktiv~~ Nicht schlecht aussehender ~~15-, 16-~~, 18-jähriger Typ, um die 1 Meter 80, schlank, athletisch, blaue Augen, hübsche Nase, guter Sinn für Humor, sucht verzweifelt junge Frau, ~~15–17, 25–30~~ jeden Alters für Freizeit, Konzertbesuche usw. Muss eigenes Geld haben – bisschen pleite – sorry ☹

Ruf an, wenn du Spaß haben willst!

Kann ich das wohl in unserer Lokalzeitung inserieren?

19.20 Uhr
Was, wenn jemand darauf antwortet?!!

Mittwoch, 22. April

18.00 Uhr: Wohnzimmer
Daveys Wall bei Facebook ist voll mit Posts von Tanya. Ich habe sie (noch) nicht alle gelesen, aber in den meisten stehen Sachen wie »Miss you« und »Love you« und Millionen von »X«. Wie können die sich bloß vermissen und lieben, wenn sie sich noch nie in echt begegnet sind?

Ich mache Ordnung bei Daveys FarmTown und Purrfect-Pets. Jemand muss sich ja um diese Dinge kümmern.

Donnerstag, 23. April

18.15 Uhr: Küche
»Oh Gott!«, verkündet meine Schwester. »Hör dir mal diese Bekanntschaftsanzeige an. Irgendein Blödmann hat da geschrieben: ›Ziemlich attraktiver 18-jähriger, hübsche Nase, kein Geld, Gitarren-Guru. Ruf an, wenn du Spaß haben willst!‹ Du meine Güte, das wäre ja ein Fang. Ich wette, der kann sich vor Angeboten gar nicht retten. SCHERZ!«

»Vielleicht hatte er nicht genug Geld für mehr Wörter«, sage ich.

»Hä?«

»Na ja, die Zeitung verlangt fünfundzwanzig Pence pro Wort.«

»Woher weißt denn du da?«

»Ich … äh … also …«

»OMG. Sag mir nicht, dass du das warst!«, schreit meine Schwester.

»Natürlich nicht. Oder bin ich vielleicht achtzehn?«

»Nein, und deine Nase ist auch nicht hübsch.«

»So schlecht ist sie aber auch nicht!«

»Gitarren-Guru! Das bist du!«

Ich lasse meine Schwester, die sich die Lachtränen abwischt, in der Küche zurück. Wie schön zu wissen, dass der Albtraum meines Lebens anderen so viel Freude bereitet.

Freitag, 24. April

16.50 Uhr: Park

Mr Pitman hat heute einen guten Tag mit seiner Arthritis, also schiebe ich ihn in den Park (in seinem Rollstuhl, versteht sich). Dort kauft er mir ein Mivvi-Erdbeereis und Minty ein Mini Milk. Es ist noch ein bisschen kalt für Eis, aber ich will ihn nicht kränken und es ablehnen. Aus irgendeinem Grund erzähle ich Mr Pitman plötzlich alles über meinen Misserfolg bei den Mädchen. »Keine steht auf mich«, sage ich und schlabbere missmutig mein Eis. »Offensichtlich stimmt auch mit meiner Nase was nicht.«

Ich klinge wie ein Jammerlappen, aber freundlicherweise geht Mr Pitman nicht darauf ein. »Deine Nase ist völlig in Ordnung«, sagt er. »Und du bist ja auch noch sehr jung, Josh. In deinem Alter habe ich Fußball gespielt und Musik gehört. Lass dich nicht vom Gruppendruck deiner Altersgenossen fertigmachen. Es wird schon beizeiten ein Mädchen daherkommen. Wahrscheinlich wenn du am wenigsten damit rechnest.«

»Klar«, sage ich. Ich fühle mich besser, nachdem ich mit Mr Pitman gesprochen habe. Ich bücke mich, um Minty zu streicheln, aber sie ist mit ihrem Mini Milk noch nicht fertig und knurrt mich wild an.

Samstag, 25. April

8.45 Uhr: Allerheiligstes

Es ist Samstag! Hurra. Mit ein bisschen Glück sollten heute acht Stunden Gitarreüben drin sein. Natürlich nur, falls Mum mich in Frieden lässt. Bis jetzt ist sie zweimal in mein Allerheiligstes eingedrungen. Einmal, um meine Wäsche zu holen (angeblich), und einmal, um zu fragen, ob ich eine

Tasse Tee möchte. Letzteres ist eine akzeptable Störung, wenn man meine leichte Teesucht bedenkt.

Mann, was für eine erbärmliche Sucht.

Aber egal, denn jetzt lege ich meine Lieblings-CD von Children of Bodom ein, um mich zu einer Session inspirieren zu lassen, die den ganzen Tag dauern soll. Da kommt Mum mit dem Tee.

»Ich wünschte, die würden nicht so schreien«, schreit sie.

»Wie bitte?«

»Ich sagte, ich wünschte ...«

Widerstrebend drehe ich Alexi, der gerade aus voller Kehle brüllt, den Saft ab. »Wie bitte, Mum?«

»Ich sagte, ich wünschte, die würden nicht so schreien und knurren. Die Musik an sich ist ja ganz nett.«

Ganz nett?

Mum, sage ich, bitte geh und leg deinen Kopf unter einen Riesenfels. Das sage ich natürlich nicht wirklich. Ich sage: »Na ja, das Knurren gehört zu der aggressiven Gesamtstimmung.«

»Findest du nicht, dass es im normalen Leben schon Aggression genug gibt?«, fragt sie und knallt die Tasse auf meine noch absolut jungfräuliche und makellose CD-Hülle der limited Edition von Children of Bodom.

Aaah! Mum, bitte geh und steck einen Kochlöffel in deinen ...

»Danke«, sage ich.

»Lass ihn nicht kalt werden.«

Endlich ist sie weg und ich greife in meine treuen Nylonsaiten, um loszurocken.

»Oh«, sagt sie und steckt den Kopf noch mal zur Tür herein. »Kannst du vielleicht noch schnell rausspringen und den Rasen von Mrs Wilmslow mähen. Und erwarte nicht groß Bezahlung dafür, denn die Arme ist praktisch mittellos.«

Ich lege den Kopf in meine Hände und spüre, wie die Lebensenergie aus mir entweicht. Ob Alexi Laiho seine Jugend auch damit verbracht hat, den Rasen alter Damen zu mähen? Ich bezweifle es.

14.30 Uhr: Auf dem riesigen Anwesen von Mrs Wilmslow

Mrs Wilmslow drückt mir eine Zwei-Pfund-Münze in die Hand und schenkt mir ein zahnloses Grinsen. Das bekomme ich als Lohn für mehrere Stunden Schufterei in der Mittagssonne, während denen ich ihren antiken, quasi nutzlosen Rasenmäher durch einen dreißig Meter langen Garten geschoben habe.

»Das ist eine besondere«, sagt sie. »Nagelneu. Eigentlich sollte ich sie selbst behalten.«

Tja, so wirklich viel kann ich mir davon sowieso nicht kaufen, würde ich am liebsten sagen. Aber ich lächle nur und nicke und lächle noch mal und ziehe mich langsam in Richtung Gartentor zurück.

»Du hast doch die Kanten auch gemacht?«, sagt sie.

Die Kanten? OMG! Ich erwäge zu lügen, aber es ist eindeutig, dass sie nicht gemacht sind, und obwohl Mrs Wilmslow ungefähr achtzig ist und bestimmt nicht mehr das tollste Sehvermögen hat, bemerkt sie mein Zögern und saust sofort in ihren Schuppen, um den Kantentrimmer, oder wie auch immer man das blöde Ding nennt, zu holen.

Um Mitternacht bin ich auch mit den Kanten fertig. Okay, ich übertreibe, es ist ungefähr drei Uhr nachmittags, aber insgesamt war ich trotzdem über drei Stunden hier. Ich muss ein wenig heiß (im Sinne von rot, verschwitzt und kurz vor einer Herzattacke, nicht im Sinne von wahnsinnig attraktiv) aussehen, denn Mrs Wilmslow bietet mir etwas Holunderlikör und einen Bourbon (den Keks, nicht den Whiskey) an. Ob ich nicht vielleicht nächste Woche wieder vorbeischauen möchte, sagt sie.

»Vielleicht«, sage ich. Aber wenn ich es mir genau überlege, zünde ich mir doch lieber meine Schamhaare an.

Auf dem Heimweg tröste ich mich damit, dass ich kurz bei Steve's Music Emporium an der High Street reinschaue. Da ist sie. Meine wunderschöne, blau geflammte Jackson. Und dazu diese Seymour Duncan Humbucker Pick-ups. Ich gehe rein, um sie aus der Nähe zu betrachten.

»Eines Tages«, flüstere ich, »wirst du mir gehören, und ich werde dich in meinen Armen halten und deinen schlanken Hals streicheln.«

Eine Frau mittleren Alters, die in den Flötennoten gestöbert hatte, wirft mir einen panischen Blick zu und stürzt davon.

»Die Gitarre«, sage ich, »ich habe mit der Gitarre gesprochen!«

Aber da ist sie schon draußen und rennt die Straße runter.

18.20 Uhr: Ente

»Du warst in der Sonne«, sagt Michelle und lädt den Geschirrspüler mit Gläsern voll.

»Hab draußen gearbeitet«, sage ich.

Michelle lächelt und geht mit sauberen Gläsern wieder.

Ich bemerke, dass Derek eine Pause beim Frittieren eingelegt hat und zu mir herschaut. »Du könntest dich einfach mal mit ihr verabreden, weißt du«, sagt er.

»Hmm«, sage ich.

»Was könnte denn schlimmstenfalls passieren?«, sagt er.

Ich sage, dass sie anfängt zu würgen und ich den Rest meines Lebens als trauriges, emotional verkrüppeltes Wrack zubringe.

In Wahrheit zucke ich aber nur mit den Schultern und widme mich dann wieder meinem Kopfsalat.

10.45 Uhr

Ich kann ihr keine Verabredung vorschlagen. Das geht einfach nicht. Das wäre so, als würde ich Kirk Hammett von Metallica nach Gitarrenunterricht fragen.

Sonntag, 26. April

Peter kommt vorbei, bleibt aber nur für eine Stunde, weil er »nach Hause und ein paar wichtige Telefonate machen muss«. Gott weiß, mit wem. Er klingt jedenfalls so, als wäre er der Privatsekretär von Präsident Obama oder so.

Ich schicke Davey eine Nachricht, um zu hören, ob er nicht vorbeikommen will, aber er schreibt zurück, er kann nicht, weil er sich vor Morrison's mit Tanya trifft. Sie kommt extra aus Croydon, um ihn zu sehen. Er hat geplant, mit ihr zu Starbucks zu gehen und ihr einen kleinen Vanilla Latte zu kaufen. »Ciao 4 now!«, schreibt er.

Tja, alles, was ich dazu sagen kann, ist, hoffentlich weiß sie es zu schätzen. Diese Vanilla Lattes sind nicht billig.

Auf die Bekanntschaftsanzeige keine Rückmeldung.

Ist das gut oder schlecht?

Ich weiß es nicht!

Montag, 27. April

13.10 Uhr: Kunstrasen

»Also«, sagt Ollie neugierig, »hast du dein Bike in ihrer Garage geparkt?«

»Wie bitte?«

»Deine Samen in ihrem Garten gepflanzt?«

»Hä?«

»Deinen Memorystick in ihr USB-Fach gesteckt?«

»Natürlich nicht!«, sagt Davey. »Sie ist fünfzehn, Ollie. Das wäre illegal.«

»Das ist Traktorfahren in dem Alter auch, aber das würdest du doch auch hundertprozentig machen, wenn's keiner sieht, oder?«, sagt Ollie.

»Ehrlich gesagt konnte sie gar nicht kommen«, sagt Davey. »Ihre Mum hat es nicht erlaubt.«

»Mütter!«, sage ich.

»Du könntest doch stattdessen zu ihr nach Hause fahren!«, verkündet Peter, als hätte er gerade irgendeinen superschweren Geheimcode geknackt.

»Erlaubt meine Mum nicht.«

»Mütter!«, sage ich.

»Der beste Kumpel meines Vaters ist in dem Alter Traktor gefahren«, sagt Ollie.

Zum Glück klingelt es in diesem Moment und wir trotten alle wieder rein. Ich kann's kaum erwarten, aufs College zu kommen und ein paar neue Freunde zu finden. Die, die ich jetzt habe, sind geistig unterbemittelt.

Dienstag, 28. April

8.30 Uhr: Küche

Wir können Ozzy nicht finden!

Klar, er haut immer mal wieder aus seinem Käfig ab, aber normalerweise finde ich ihn dann irgendwo, wo er glücklich Löcher in irgendwas nagt. Aber heute nicht. Dabei habe ich schon überall gesucht. Und was noch schlimmer ist: Ich habe bemerkt, dass mein Fenster auf Kippe steht!

Ich mache mir solche Sorgen, dass ich es kaum schaffe, mich für die Schule fertig zu machen. Eigentlich sollte ich gar nicht in die Schule gehen. Ich sollte die Straßen ablaufen und dabei mit zwei Schachteln Frettchenfutter klappern, bei Leuten klingeln und in fremde Schuppen schauen. Aber Mum besteht darauf, dass ich gehe. Ich habe null Fehltage in diesem Schuljahr, und wenn das so bleibt, zahlt die Schule meinen Eintritt für die Year 11 Prom. Damit spart Mum sich die dreißig Kröten für den Schulball. Selbst wenn ich eine Lungenentzündung im fortgeschrittenen Stadium hätte, würde sie mir nur ein Hustenbonbon in den Mund stopfen und mich zur Tür rausschieben.

9.20 Uhr: Mathe

Unmöglich, dass ich mich konzentriere. Ich sollte die lineare Gleichung $ax + b = cx + d$ lösen, aber es geht einfach nicht.

11.30 Uhr: Englisch

Mrs Barber sagt mir, ich hätte eine Chance auf eine Eins für die Arbeit zum Thema Sprache, wenn ich es mit den Metaphern nicht übertreibe. Ich weiß gar nicht, wovon sie redet. Dass ich es mit den Metaphern übertreibe, ist ungefähr so wahrscheinlich wie bei einer dämlichen Proletin, die eine Metapher nicht mal dann erkennen würde, wenn sie sie aus ihrem Eimer mit billigen Chicken-Nuggets anspringen und auf ihrem Jogginganzug mit Burberry-Karo landen würde. Dann erklärt Mrs Barber der Klasse noch, unsere Aufsätze bräuchten eine deutliche Stoßrichtung, um die beste Wirkung zu erzielen. Daraufhin brechen alle unreifen Kiddies in hysterisches Gekicher aus. Ich schäme mich dafür, selbst so viel zu lachen, wo doch der arme Ozzy verschwunden ist.

In der Pause erwähnt Ollie, dass sein Geschichtslehrer erzählt habe, ein Sandwich sei der Grund für den Untergang der Titanic gewesen.

»Lernt ihr in Geschichte eigentlich auch irgendwas, das keinen Bezug zu Sandwiches hat?«, frage ich ihn.

Ollie zuckt mit den Schultern. »Willst du nicht wissen, wie es dazu kam?«, sagt er.

»Nein«, sage ich, »aber dafür kenne ich einen tollen Witz mit Sandwich-Bezug. Kommt ein Sandwich in eine englische Bar. Da sagt der Barmann: ›Sorry, but we don't serve food!‹«

»Halt die Klappe, Josh«, sagt Peter. »Ich würde es gern hören, Ollie.«

»Also, der Kapitän hatte ein bisschen Kohldampf und beschloss, sich schnell einen Happen zu essen zu besorgen …«

Ich schloss die Augen und versuchte, in einen Tagtraum von Ruhm als Meta-Star zu flüchten. Alle Sandwich-Geschichten von Ollie ähneln einander auf bemerkenswerte Weise.

15.45 Uhr

Auf dem Heimweg schicke ich Mum eine Nachricht, um zu fragen, ob sie Ozzy gefunden hat. Insgeheim habe ich ihr auch schon in Mathe, Englisch und Biologie geschrieben. Sie war davon nicht begeistert, aber das geschieht ihr recht, nachdem sie mich gezwungen hat, zur Schule zu gehen. Jedenfalls stellt sich heraus, dass Ozzy immer noch verschwunden ist. Also muss ich jetzt tun, was ich schon vor Stunden hätte tun sollen.

Die erste Tür, an die ich klopfe, gehört dem alten Mr Marshall, der leider weder verschwägert noch verwandt mit dem Hersteller der Marshall-Verstärker ist. Mr Marshall kommt mit seinen karierten Pantoffeln und in einer sackartigen braunen Hose an die Tür. Aus irgendeinem Grund stinkt er nach Lavendel, was ich zu verdrängen versuche.

»Ähm, hallo, Mr. Marshall«, sage ich. »Ich vermute, Sie sind nicht zufällig Ozzy begegnet.«

»Ozzy?«

»Meinem Frettchen Ozzy. Er ist verschwunden.«

»Hast du schon in deiner Hose nachgeschaut?«, sagt Mr Marshall.

»Wie bitte?«, sage ich.

»Na in deiner Hose, Junge. Da wird er dann schon sein.«

»Äh, Verzeihung, wie?«

Mr Marshall beugt sich ein Stückchen vor. »Ich habe immer ein Frettchen in meiner Hose. Man kann ja nie wissen, wann sich die Gelegenheit ergibt!«

Ich bin mir nicht sicher, ob Mr Marshall senil oder pervers ist oder auch nur einen total abgedrehten Humor hat. Vielleicht hat sich der dauernde Lavendelgestank schädlich auf sein Gehirn ausgewirkt. Jedenfalls ist er ungefähr so hilfreich wie ein Kaugummipapier als Kondomersatz, also gehe ich ein Haus weiter.

Und von dort noch eins.

Und noch eins.

Keiner hat Ozzy gesehen.

Mittwoch, 29. April

19.15 Uhr: Allerheiligstes

Meine Schwester kommt rein und sagt, ich soll die Augen zumachen und meine Hände ausstrecken.

Dann legt sie irgendwas Weiches, Pelziges auf meine Handflächen. Ich blinzle und fange an zu kreischen. Es ist

Ozzy, und er ist tot! »Oh mein Gott! Wie konntest du nur?«, sage ich. »Oh mein Gott!«

»Verdammt noch mal!«, schreit meine Schwester. »Das ist doch eine Perücke!«

Ich schaue genau hin und sehe, dass es wirklich eine Perücke ist. Eine mit langen, seidigen schwarzen Haaren.

»Wir hatten im Gelockt und Gefärbt Räumungsverkauf«, sagt meine Schwester. »Ich dachte, damit könntest du ein bisschen Headbanging üben. Mein Gott, weißt du, dass du wie ein Mädchen kreischst?«

»Äh, ähm, danke«, sage ich. »Äh ...«

Meine Schwester zuckt mit den Schultern und geht. Headbanging üben? Für wie armselig hält sie mich eigentlich?

20.00 Uhr

Ich habe nur fünfundvierzig Minuten gebraucht, um zu lernen, meine Perücke im perfekten Rhythmus zu *Ride the Lightning* von Metallica rumzuschleudern. Eindeutig bin ich ein Naturtalent. Wenn Mum nur erlauben würde, dass ich mir die Haare wachsen lasse. Mädchen würden sich darum reißen, meine üppigen Locken zu streicheln.

Locken, so lang, dass die Mädels sich tummeln
In meine Arme für ein kurzes Fummeln

Donnerstag, 30. April

17.40 Uhr: Allerheiligstes

Davey hat mich nach der Schule zu sich nach Hause eingeladen. Er meint, wir könnten zusammen lernen, aber was wirklich passieren wird, ist Folgendes: Ich werde zwei Stunden lang versuchen, ihm das Lösen quadratischer Gleichungen zu erklären, und kläglich scheitern, weil Davey für Mathematik ungefähr so begabt ist wie ein Schaf für Stabhochsprung. Ich beschließe, trotzdem hinzugehen, weil Mum mich schon wieder genervt hat, ich solle mein Zimmer aufräumen und das Poster von Alice Cooper abnehmen, wo ihm gerade der Kopf abgesägt wird. Ich sage ihr dauernd, das sei doch nicht echt, aber sie fürchtet, ich würde sadistische Neigungen entwickeln. Außerdem hat Davey einen Highspeed-Internet-Zugang ohne elterliche Kontrollfunktion und Xbox Controller, die ihm Dunkeln leuchten.

19.15 Uhr: In Daveys nicht gerade bescheidenem Heim

Davey sieht bei meinem Eintreffen ein bisschen niedergeschlagen aus.

»Was ist los?«, sage ich.

»Tanya hat sich von mir getrennt«, sagt er. »Sie meint, ich könnte ja auch ein vierzigjähriger Pädophiler sein. Sie sagt, das Risiko kann sie nicht eingehen.«

»Das ist doch verrückt«, sage ich. »Sie muss doch dein Foto gesehen haben … Oh, Moment mal …«

»Genau«, sagt Davey.

Tja, ich habe gemischte Gefühle. Ich muss zugeben, dass ich einerseits erleichtert bin, aber andererseits sieht Davey so niedergeschmettert aus, dass ich gleich ein schlechtes Gewissen kriege.

»Mach dir keine Gedanken«, sage ich. »Da schwimmen noch eine Menge anderer Fische im Meer.«

»Aber ich will keinen Fisch«, sagt Davey. Das hat er echt gesagt und nicht mal versucht, es wie einen Scherz klingen zu lassen.

»Ich meine damit doch, dass es noch andere Mädchen gibt«, sage ich. »Und ich habe sowieso über das alles nachgedacht und frage mich, ob wir nicht noch ein bisschen zu jung sind, um uns wegen Mädchen Sorgen zu machen. Weißt du, Davey, es gibt ja wirklich massenhaft Jungs an unserer Schule, die noch keine Freundin haben. Und selbst diejenigen, die eine haben, gehen nicht mit ihr aus oder so. Die sehen sich nur in der Schule oder vor Morrison's. Was für eine Art von Beziehung soll das denn sein? Ich glaube, wir haben uns da in was reinziehen lassen und uns dem Gruppendruck gebeugt. Aber eigentlich sollten wir damit aufhören und einfach Nein sagen. Nein, ich werde mich nicht minderwertig fühlen. Ich weigere mich, mich wie ein Loser zu fühlen, nur weil ich keine Tussi habe, die versucht, mir die Mandeln zu lecken … Und abgesehen davon, wird schon ein Mädchen daherkommen, wenn es an der Zeit ist. Wahrscheinlich genau dann, wenn wir am wenigsten damit rechnen!«

Davey sieht mich irritiert an. »Können wir jetzt mit dem Lernen anfangen?«, sagt er.

Wir üben ungefähr zwanzig Minuten lang (die Aufnahmefähigkeit bei quadratischen Gleichungen ist begrenzt). Dann gehen wir ein bisschen auf YouTube. Fünfundvierzig Minuten lang schauen wir uns Leute an, die dramatische Unfälle mit Elektrofahrzeugen haben, Frettchen, die Klavier spielen (Ozzy, wo bist du?), und schließlich ein Mädchen, das Anleitungen für Frisuren gibt, wie diese Anime, diese japanischen Comicfiguren, sie immer haben. Sie sieht ganz nett aus, deshalb schauen wir uns das gleich ein paarmal an, mit Pausen.

Dann noch mal für einige Minuten zurück zu Mathe, bevor wir die Xbox anmachen. Davey wirft mir eine Plastikgitarre zu, und die nächste Stunde lang versuche ich, farbige Knöpfe in der richtigen Reihenfolge zu drücken und dabei möglichst nicht auf »Die Nummer-1-Hits der Achtziger« zu hören.

Davey schlägt mich bei dem Gitarrespiel haushoch, aber ich kann nicht behaupten, dass mir das was ausmacht. Es ist mit richtigem Gitarrespielen überhaupt nicht vergleichbar. Nicht mal wenn man nur ein schrottiges kleines Ding für Achtjährige mit Nylonsaiten hat. Außerdem lasse ich ihn irgendwie auch gewinnen, weil er mir noch leidtut.

Freitag, 1. Mai

7.45 Uhr: Allerheiligstes

Ich blättere eine Seite in meinem Kalender *Icons of Metal* um und schaue ins Gesicht von Ozzy Osbourne, der mich anzüglich angrinst. Mein Ozzy ist jetzt schon seit vier Tagen vermisst. Ich versuche, mich an die Tatsache zu gewöhnen, dass ich ihn wahrscheinlich nie wiedersehen werde, aber das ist sehr schwer. »Für dich ist das okay«, sage ich zum menschlichen Ozzy. »Du hattest wahrscheinlich nie ein geliebtes Haustier, das das einzige Wesen war, das sich deine ganzen Teenager-Traumata angehört hat.« Ich reibe mir mit dem Ärmel gründlich über die Augen. – In den letzten Tagen ist es mit dem Heuschnupfen echt schlimm.

Ich bin mir nicht sicher, aber ich bilde mir ein, dass Ozzy mich verständnisvoll angrinst. Persönlich glaube ich ja nicht, dass er je diese gemeinen Sachen mit Fledermäusen gemacht hat. Und ich weiß definitiv, dass Sharon Hunde mag, deshalb denke ich mir, dass Ozzy wahrscheinlich Mitgefühl aufbringen würde. Aber egal, wie Ozzy zu der Sache steht, das Leben muss weitergehen. Leider.

Samstag, 2. Mai

9.00 Uhr: Allerheiligstes

Jetzt haben wir schon Mai, und bald kommt die Prüfungszeit. Ich habe mir einen Zeitplan fürs Lernen gemacht, aber nicht wie Peter Stunden damit zugebracht, einen Farbcode zu entwickeln, Bereiche zu schraffieren und »coole« Schatteneffekte zu erzeugen. Wenn Peter in der Hälfte der Zeit, die er für sein Zeitplan-Design aufgewendet hat, lernen würde, würde er vielleicht auch irgendeine Prüfung bestehen.

Erstaunlicherweise hat Mum vorgeschlagen, dass ich aufhören soll, Jobs für »ihre Leute« zu erledigen und in der Wiederbelebten Ente zu arbeiten, bis meine Prüfungen vorbei sind. Sie sagte, wenn ich viel lerne, könnte ich einen gut bezahlten Job bekommen und ihr dann im Alter ein Leben im Luxus ermöglichen. Äh, ja, Mum, was auch immer du wünschst. Tatsächlich habe ich beschlossen, so lange wie möglich weiterzuarbeiten (und zu verdienen). Ich habe ihr erklärt, dass es absolut machbar ist, Rasen zu mähen, Hunde auszuführen, Teller zu waschen und gleichzeitig noch zu lernen.

18.20 Uhr: Badezimmer

»Kommst du jetzt gefälligst aus dem Bad«, schreit meine Schwester und hämmert mit den Fäusten gegen die Tür. »Was zum Teufel treibst du da drinnen? Nein, ich will die Antwort gar nicht wissen!«

Ich bin seit exakt achtzehn Minuten im Bad. Zugegeben, normalerweise brauche ich nur ungefähr drei, um mich für die Ente fertigzumachen, aber ich habe ein paar Krater im Gesicht und will nicht, dass Michelle die sieht.

»Josh, ich bin in einer Stunde und fünfunddreißig Minuten mit Clint verabredet und habe noch kein bisschen Make-up im Gesicht oder auch nur mein Haar geglättet. Also würdest du dich vielleicht VERDAMMT NOCH MAL BEEILEN!«

Ich öffne die Tür, während sie noch brüllt. »Bitte sehr«, sage ich. »Und du solltest wirklich niemand ins Gesicht spucken. Das ist nicht sehr damenhaft.«

Sie schreit irgendwas noch viel weniger Damenhaftes, aber ich bin schon die Treppe runter und zur Tür hinaus, sodass ich tun kann, als würde ich sie nicht hören. Ha!

19.25 Uhr: Ente

Ich stehe wieder am Spülbecken in der Ente. Juhu! Das ist es doch echt. Warum sollte ich bei irgendeinem wilden Metal-Gig Party machen oder Pogo tanzen wollen, wenn ich hier sein und das Fett von ein paar Tausend Tellern kratzen kann? Wenigstens habe ich mir mein Handy mitgebracht, sodass ich ein bisschen ordentliche Musik hören kann, um das Gejodel aus dem Radio zu übertönen.

Mrs Barnes kommt rein und sagt, ich soll aufhören, Salatgarnituren zu machen, und lieber Michelle helfen, weil es wie verrückt zugeht und sie Mühe hat, die Bestellungen zu servieren. »Bring diese Tunfisch-Panini an Tisch 12, ja?«, sagt sie und schiebt mir ein Tablett hin. »Jetzt beeil dich, wenn sie zu lange stehen, werden sie matschig.«

Ich gehe ins Lokal und bin fast schon um die Ecke zu Tisch 12 gebogen, als ich eine schrecklich vertraute Stimme höre, und zwar Clints. Oh Gott, warum schleppt er meine Schwester in dieses Loch? Ich hoffe, sie erwartet keinen Mitarbeiterrabatt. Mrs Barnes ist dafür nämlich nicht zu haben, wenigstens nicht für Tellerwäscher, wie ich einer bin.

Shit!

Ich weiche hinter eine praktische Säule zurück. Es ist Clint, aber er ist nicht mit meiner Schwester da, sondern mit irgendeinem anderen Mädchen! Einem sehr attraktiven Mädchen, ehrlich gesagt. Und er hat den Arm um sie gelegt.

Zum Glück gibt's in der Wiederbelebten Ente eine Menge Nischen und Winkel, also schleiche ich näher und ducke mich hinter Vasen mit vertrocknetem Weizen und ähnlichem Zeug.

»Was treibst du da?«, fragt Michelle, die plötzlich neben mir auftaucht.

»Oh, hallo«, flüstere ich. »Ich beobachte, wie der Typ da drüben an dem Mädchen rummacht.«

»OMG! Du Perversling!«

»Nein, nein«, zische ich. »Das ist der Boyfriend von meiner Schwester. Sie war heute Abend mit ihm verabredet, aber jetzt ist er mit diesem anderen Mädchen da.«

»Oh«, sagt Michelle und rückt eine Vase ein Stückchen

weg, um auch besser zu sehen. »Was für ein Bastard. Igitt, er nagt ihr ja praktisch das Gesicht weg.«

»Ich weiß«, sage ich. »Ich kann denen auf keinen Fall diese Panini servieren.«

Michelle nickt. »Das übernehme ich«, sagt sie.

»Danke«, sage ich. »Damit rettest du mir das Leben.«

Ich schleiche in die Küche zurück und überlege, was ich tun soll, aber ich kann einfach nicht klar denken. Vielleicht sollte ich Ollie eine Nachricht schreiben. Er weiß in solchen Situationen immer, was zu tun ist. Was rede ich da? Er wird auch keine Ahnung haben, was ich machen soll. Ich schreibe ihm trotzdem:

Clint sollte m Maddie aus sein ist aber mit ner anderen. Soll ich's ihr sagen?

Ollie schreibt zurück: Wer is Clint?

Ich: Maddies Bfriend

Ollie: Wer is Maddie?

Manchmal frage ich mich, ob Ollie einen absichtlich ärgert. Ohne dass man sich extra darum bemüht, kann man doch gar nicht so nutzlos sein. Außerdem habe ich jetzt Seifenschaum auf meinem Telefon und Mrs Barnes steht im Türrahmen.

»Ich habe gerade eine Beschwerde von Tisch 12 bekommen«, sagt sie. »Diese Panini waren eiskalt. Dabei dachte ich, ich hätte dir aufgetragen, sie sofort zu servieren.«

»Sorry«, sage ich, »ich wurde abgelenkt.«

»Das sehe ich«, sagt sie mit einer Stimme, die eine Gurke würfeln könnte. »Derek? Stell die bitte in die Mikrowelle, und diesmal, Joshua, wirst du sie sofort an den Tisch bringen.«

»Okay«, sage ich.

»Ich werde dich beobachten, und ich will sehen, dass du hingehst und dich entschuldigst.«

»Mich entschuldige? Niemals«, platzt es auch mir raus.

»Wie bitte?!«

»Es ist nur so, dass ...«

»Du wirst hingehen und dich entschuldigen, Joshua, sonst kannst du deine Schürze abgeben!«

»Meine Schürze abgeben?«

Derek gibt mir die Panini zurück. »Dann bist du gefeuert, Kumpel«, erklärt er.

»Oh«, sage ich.

Mrs Barnes stemmt die Hände in die Hüften.

»Na schön«, sage ich resigniert.

»Sag ihm, er ist ein elender Mistkerl«, flüstert Michelle mir im Vorbeigehen zu.

Auf dem Weg zu Tisch 12 drehe ich mich um und sehe, dass an der Bar so viel los ist, dass Mrs Barnes mithelfen muss. Ich stelle die Panini ans äußerste Ende des Tisches und drehe mich blitzschnell wieder weg. Auf keinen Fall werde ich mich bei diesem Idioten entschuldigen!

Clint und das gut aussehende Mädchen sind total ineinander vertieft und nehmen mich kaum zur Kenntnis. Daher ist es mir auch ein Rätsel, warum ich erst weggehe und dann etwas wirklich, wirklich Dummes mache …

»Warum bist du nicht bei meiner Schwester?«, sage ich und drehe mich noch mal um.

»Mann«, sagt Clint. »Was zum Teufel treibst du denn hier?«

»Ich arbeite hier«, sage ich.

»Ach du Scheiße.«

»Warum bist du nicht bei meiner Schwester?«, frage ich noch mal. »Sie hat sich total aufgestylt, ihre Haare geglättet und alles.«

»Wovon redet er, Clint?«, fragt das gut aussehende Mädchen.

»Nichts«, sagt Clint. »Ich hab der unehrlichen Schlampe, die sich seine Schwester nennt, letzte Woche den Laufpass gegeben.«

»Was?«, sage ich. »Meine Schwester würde nie jemand betrügen!«

Clint verschränkt die Arme und lehnt sich auf seinem Stuhl zurück. »Die Frauen in deiner Familie sind nicht so harmlos, wie du denkst, Kumpel«, sagt er.

»Hä?«, sage ich. »Was meinst du damit?«

»Ist hier alles in Ordnung?«, fragt Mrs Barnes, die sich wie die Assistentin eines Zauberers plötzlich hinter mir materialisiert hat.

»Prima«, sagt Clint. »Alles ist prima.«

Mrs Barnes wirft mir einen finsteren Blick zu und verschwindet wieder, aber sobald sie weg ist, steht Clint auf, dreht mir einen Arm auf den Rücken und zwingt mich hinter die Weizengarben.

»Jetzt hör mir mal gut zu, du Trottel«, zischt er. »Wenn du deiner Schwester auch nur ein Sterbenswörtchen über das hier erzählst, werde ich deine dämliche kleine Gitarre zertrümmern und sie dir so tief in den Arsch rammen, dass du Arpeggios rülpst. Hast du mich verstanden?«

»Verstanden«, sage ich.

22.45 Uhr: Beim Herumlungern

Als ich nach Hause komme, schaut meine Schwester trauriger drein als ein Labradorwelpe, dem man seine Klopapierrolle weggenommen hat.

»Deine Haare sehen hübsch aus«, sage ich. »Sehr, äh, glatt.«

Mum wirft mir einen Blick zu, der »Was zum Teufel?« sagt, und befiehlt, ich solle lieber den Teekessel aufsetzen. Ich bin versucht zu sagen, Entschuldigung, aber ich hab gerade vier Stunden gestanden. Und zwar bis zu den Ellbogen in Panini-Resten! Aber ich kann so sensibel sein, dass ich spüre, was für eine Atmosphäre herrscht. Also tue ich, was sie mir sagt.

23.30 Uhr: Im Bett

Soll ich es meiner Schwester erzählen oder nicht?

Würde es sie zu sehr kränken?

Und woher weiß Clint, was Arpeggios sind?

Sonntag, 3. Mai

9.50 Uhr: Küche

Ich habe beschlossen, an der Clint-Front meine Klappe zu halten. Vor allem weil ich, wenn Clint meine Gitarre zerstört, auf einer Tupperware-Dose mit Gummibändern drum herum üben muss und ich aus Erfahrung weiß, dass Gummibänder unmöglich gestimmt werden können.

Aber jedenfalls erwarte ich, dass Maddie schlecht gelaunt ist. Zum einen wegen gestern Abend, zum anderen weil sie schon ihr Leben lang so ist. Aber anscheinend hat sie mit dieser Gewohnheit gebrochen, denn sie ist erstaunlich fröhlich.

»Möchtest du Tee?«, zwitschert sie. »Ich mache eine Kanne.«

»Du bietest mir eine Tasse Tee an?«, sage ich.

»Ja, mein lieber Bruder, und jetzt benimm dich mal nicht so misstrauisch. Dann werden deine Augen so hässlich schmal.«

»Danke«, sage ich. »Für den Tee, meine ich. Du, also, du wirkst ja um einiges glücklicher.«

Sie zeigt auf ein paar Blumen, die auf der Fensterbank standen. »Clint hat sie gleich heute Morgen gebracht. Hübsch, oder?«

»Sehr schön«, presse ich hervor.

»Seine Mutter ist gestern Abend plötzlich krank geworden, und er musste sie ins Krankenhaus bringen. Er hat sich solche Sorgen gemacht, dass er vergessen hat, mir eine Nachricht zu schicken. Anscheinend geht's ihr aber schon wieder gut.«

»Ah«, sage ich, als sie die Teekanne abstellt.

»Armer Clint. Er war so zerknirscht. Da waren sogar Tränen in seinen Augen. Er ist doch so ein Softie ...«

Mir wird ein bisschen übel, aber da klopft es zum Glück an der Haustür, sodass ich flüchten kann, bevor sie weiterschwärmt.

»Hey!«, sage ich. »Ollie, mein Freund! Welchem glücklichen Umstand verdanke ich –«

»Ich hab sie kapiert«, sagt er.

»Was?«

»Deine Nachricht.«

»Oh«, sage ich. »Mach dir darüber keine Gedanken mehr. Das hat sich schon alles erledigt. Willst du was trinken?«

Ollie folgt mir in die Küche.

»Ja«, fährt er unaufhaltsam fort. »Du hast deine Schwester Maddie gemeint. Und dass Clint mit einem anderen Mädchen da war. Nicht mit deiner Schwester!«

»Was?«, sagt Maddie.

»Oh hallo«, sagt Ollie. »Hab dich, äh, gar nicht gesehen.«

»Ähm«, sage ich und weiche zurück auf den Flur. »Ich habe da dieses schwierige Problem in Statistik mit den stratifizierten Stichproben. Kannst du vielleicht mit raufkommen ...«

»Du bleibst da, Ollie!«, dröhnt meine Schwester. »Was hast du da über Clint gesagt?«

Ollie schluckt. Er sieht mich an wie Ozzy, wenn ich mit ihm beim Tierarzt war. (Armer Ozzy.)

Ich schüttle unmerklich den Kopf. Aber Unauffälligkeit war noch nie meine Stärke. Wohl deshalb wirft Maddie mir einen mörderischen Blick zu.

»Lass das, Josh«, giftet sie, »außer du willst feststellen, wie sich kochend heißer Tee auf deinen Eiern anfühlt. Red weiter, Ollie.«

»Tja, also …«

So eine Grausamkeit könnte ich nicht mal meinem schlimmsten Feind antun, ganz zu schweigen von einem einigermaßen guten Freund, also beschließe ich, ihr alles zu erzählen. »Clint war gestern Abend in der Ente«, sage ich. »Zusammen mit diesem Mädchen. Sie schienen sich … ziemlich gut zu verstehen.«

»Du lügst«, wirft sie ein.

»Pfadfinderehrenwort«, sage ich, mache mit den Fingern das Pfadfinderzeichen und grinse dämlich.

Ollie grinst auch, nur Maddie scheint es nicht witzig zu finden.

»Du und Mum, ihr habt Clint schon immer gehasst, und jetzt versucht ihr, uns auseinanderzubringen!«, schreit sie.

Mein Gott, und ich dachte, ich hätte Wahnvorstellungen.

Aber dann holt sie tief Luft, atmet zitternd aus und starrt auf die Tischplatte. »Wie hat es denn ausgesehen? Dieses Mädchen? War sie … hübsch?«

»Ich weiß nicht«, lüge ich. »Sie war einigermaßen hübsch,

schätze ich. Wenn man auf diesen Typ steht. Dunkle Haare und blaue Augen. Ihre Bestellung für zweimal Panini hat sie an der Bar unter dem Namen Katie Price aufgegeben.«

»Was? Jordan?«, sagt Ollie. »Du meine Güte, der Glückspilz!«

»Halt die Klappe, Ollie«, sage ich. »Es war nicht Jordan.«

»Bist du sicher? Hast du einen Blick auf ihre Möpse werfen können?«

»Es war nicht Jordan!!«

Meine Schwester starrt immer noch auf die Zuckerdose.

»Sorry, Schwesterchen«, sage ich. »Aber du bist für Clint sowieso viel zu gut. Er ist ein echter Scheißkerl. Außerdem bist du ja nicht unattraktiv.« (Es stimmt, dass sie die ganzen Gene für gutes Aussehen geerbt hat.) »Du findest bestimmt bald einen anderen Boyfriend ...« Aber da ist sie schon aufgestanden und aus dem Zimmer gegangen.

»Mein Gott, stell dir vor, Jordan würde hier in der Gegend wohnen«, sagt Ollie verträumt. »Wir könnten an der Fischtheke von Sainsbury's zufällig neben ihr stehen. Oder sie könnte im Park in der Sonne liegen. Oben ohne!«

12.15 Uhr: Hinter dem verbotenen Portal

Endlich ist Ollie gegangen. Gott sei Dank. Manche Leute können einfach nicht aufhören, andere mit ihren Fantasien zu nerven.

Hinter mir höre ich, wie harte Worte am Telefon gesprochen werden. »Scher dich zum Teufel, du schlappschwänziges A***loch!«, brüllt meine Schwester, bevor sie den Hörer aufknallt. Um Schimpfwörter war sie noch nie verlegen.

»Der Bastard ist abserviert«, berichtet sie mir.

Ich nicke zustimmend. »Weißt du, er hat im Pub etwas echt Seltsames gesagt«, sage ich. »Und zwar: ›Die Frauen in deiner Familie sind nicht so harmlos, wie du denkst.‹ Was hat er damit gemeint?«

»Ich habe keine Ahnung«, sagt meine Schwester. »Vielleicht hat Granny früher Tabledance oder so was gemacht.«

Hmm, danke für die Auskunft, Schwesterchen.

12.30 Uhr: Allerheiligstes

Davey hat gerade vorbeigeschaut, um mir ein paar von den »Frettchen vermisst«-Postern zu bringen, die er gemacht hat. Wo sein Dad arbeitet, kann man gratis kopieren. Zumindest, wenn man die Kopien macht, wenn alle anderen schon weg sind. Die Poster sind ziemlich gut, sofern man darüber hinwegsieht, dass Daveys Zeichnung von Ozzy mehr Ähnlichkeit mit einem übergewichtigen Eichhörnchen hat. Wer zum Teufel soll sich schon um ein entlaufenes Eichhörnchen Sorgen machen? Aber na ja, der gute Wille zählt.

Ich gönne mir ein schnelles Mittagessen aus Chips mit Räucherspeck-Geschmack und Frostie-Cornflakes, bevor ich rausgehe und Daveys Poster aufhänge. Das Wort Frettchen habe ich ein paarmal unterstrichen und als Belohnung alle meine Spiele für PlayStation 2 ausgesetzt. Einige davon sind vielleicht schon Antiquitäten, aber Ozzy hat nun mal Vorrang, und abgesehen davon besitze ich nichts anderes von Wert.

23.55 Uhr: Allerheiligstes

Irgendwie kann ich nicht einschlafen. Es ist heiß und meine Gedanken kreisen um unregelmäßige Verben und unerlaubterweise um Michelle. Eine Schande, dass Sexualerziehung nicht zu den Prüfungsfächern gehört. Gerade bei den praktischen Übungen würde ich bestimmt toll abschneiden!

Obwohl, wahrscheinlich doch nicht.

Egal, ich muss jetzt echt schlafen …

Huch! Was war das denn?

Ich setze mich kerzengerade auf, weil ich mir sicher bin, auf dem Flur irgendwas gehört zu haben. Ich bleibe reglos, lausche, aber da ist nichts. Schätze mal, ich muss –

Shit! Da ist es wieder! Das klingt, als versuche jemand, einzubrechen.

Oh Gott! Wer mag das sein? Was ist das?

Ich sitze ganz still und schwitze wie Zwiebeln in einem Wok. Nachdem ich der einzige Mann im Haus bin, sollte ich vermutlich aufstehen und nachsehen. Andererseits ist aber Maddies rechter Haken deutlich besser als meiner. Und ihre Fingernägel sind wie Dolche.

Gerade als ich aufstehen will, erscheint Maddie in der Tür. Sie hat ihr Hello-Kitty-Nachthemd an und ihr Gesicht ist weißer als Kittys. Sie schleicht herein und setzt sich ans

Fußende meines Betts. Leider sind wir heute Nacht allein im Haus. Mum übernachtet bei Tante Sarah in Reading, die vor Kurzem Zwillinge zur Welt gebracht hat. Ja, anscheinend ist Mum der Meinung, diese Mittdreißigerin brauche ihre Hilfe dringender als ihre eigenen schutzlosen Kinder. Gott, ich wünschte, Dad wäre hier. Der würde mit Einbrechern aller Art fertig.

»Was ist das?«, flüstert Maddie.

Ich zucke hilflos mit den Achseln. »Hast du dein Telefon hier?«, frage ich.

»Liegt unten. Und deins?«

»Akku leer.«

»Na toll, da nützt es einem ja viel!«

»Wenigstens habe ich es nicht unten liegen lassen!«

»Wenigstens habe ich dran gedacht, meins WIEDER AUFZULADEN!«

»Pscht!«, mache ich.

Wir stecken in einer Sackgasse, aber dann bemerke ich, dass der Lärm verstummt ist. »Okay«, sage ich, »geh runter und hol dein Handy. Und wenn noch irgendwas passiert, rufen wir die Polizei.«

»Ich gehe bestimmt nicht runter!«, ruft sie, »Josh, du bist wirklich der größte Egoist, den ich kenne!«

Ich könnte jetzt erwidern, dass ich zumindest kein zweigleisig fahrender, schleimiger, verlogener W***er bin. Aber wahrscheinlich ist es nicht der optimale Zeitpunkt, um das Gespräch auf Clint zu bringen. Mein Gott, was, wenn es

Clint ist, der sich mit Gewalt Zutritt verschaffen will? Wenn ja, dann bin ich so gut wie tot.

»Okay. Na schön«, sage ich. »Aber wenn ich ums Leben komme, dann versprich mir, dass du das ledergebundene Notizbuch, das Mum mir geschenkt hat, nicht liest. Da stehen ein paar Liedtexte drin, mit denen ich rumprobiert habe, und, äh, anderes Zeug.«

»Verspreche ich.«

»Ich möchte, dass auf meiner Beerdigung der Song *Better off Dead* von Children of Bodom gespielt wird. Und ich möchte verbrannt werden, sonst würde ich vielleicht im Sarg wieder aufwachen, und du weißt doch, wie leicht ich Platzangst kriege. Ich will, dass Davey meine Kollektion seltsam geformter Tortilla-Chips kriegt und Ollie die CD, die wir von uns aufgenommen haben, als wir zu Britneys *Oops! I did it again* gepupst haben …«

»Du willst doch bloß Zeit schinden«, sagt sie. »Jetzt geh schon.«

Seufzend betrete ich den Flur. Ich bin gerade erst am Badezimmer vorbei, als ich ein dumpfes lautes Geräusch höre. Es kommt aus Mums Schlafzimmer!

Mein Gott, ist das unheimlich. Da ist erst ein Klopfen, dann wieder so ein dumpfes Poltern. Meine Schwester schleicht hinter mir her und hält irgendwas schwarz Glänzendes in der Hand. Ich schaue genauer hin. »Glätteisen? Glaubst du etwa, die wollen sich die Haare machen lassen?«

Sie schneidet eine Grimasse und zeigt mir den Stinkefinger.

Ich öffne die Tür zu Mums Zimmer und taste nach dem Lichtschalter. »Okay«, sage ich. »Das Spiel ist aus. Und macht bloß keine Mätzchen, denn meine Schwester ist beleidigt!«

»Duuk, duuk«, macht Ozzy.

Montag, 4. Mai

0.20 Uhr: Mums Schlafzimmer

Unser mysteriöser Einbrecher/Mörder/Poltergeist erwies sich also als niemand anderer als unser lange verschollener Ozzy! Anscheinend hatte er sich in die unterste Schublade von Mums Kommode gezwängt, eine halbe Wolldecke gefressen und sich dann nicht mehr durch den Spalt nach draußen schieben können. Oder wenigstens nicht ohne eine Wahnsinns-Kraftanstrengung. Ich bin ehrlich gesagt ziemlich stolz auf ihn.

Während meine Schwester den superdicken Ozzy zurück in mein Zimmer bringt, hole ich Handfeger und Kehrschaufel und fange an, die Schublade sauber zu machen. Da drin liegen Frettchenkacke und Unmengen Wollflusen. Ich fege gerade alles zusammen, als mein Blick auf etwas fällt, das aussieht wie die Ecke von einem Buch und unter einem alten Pulli liegt.

Wow! Es ist ein in Leder gebundenes Notizbuch! Genau wie das, das Mum mir geschenkt hat. Nur viel älter. Ich schlage es auf und lese:

Streng vertraulich – nicht lesen!

Ich blättere irgendwo in die Mitte.

Da stoße ich auf ein paar Fotos von Mum in einem Club mit einer Band, die nach Achtzigern aussieht. Was für Pudel-Dauerwellen! Ich blättere weiter.

23. Dez.: Wieder ein einsames Weihnachten vor mir. Ich könnte genauso gut nicht verheiratet sein.

Hm, klingt ein bisschen deprimierend. Ich blättere weiter.

4. Juni: Noch ein Monat, bevor sich mein Leben für immer verändern wird! Kann dieses Geheimnis nicht mehr für mich behalten. Es zerreißt mich sonst …

Geheimnis? Hey, jetzt wird es interessant! Neugierig blättere ich um, aber dann fühle ich mich ein bisschen komisch. Ohne es zu wollen, erinnere ich mich, wie schlecht es sich angefühlt hat, als Ollie in meinem geheimen Tagebuch las. Ich fühle mich schuldig, aufgeregt und gleichzeitig ist mir auch irgendwie übel. Soll ich weiterlesen oder nicht. Lesen oder nicht lesen, das ist hier die Frage …

Ach, es geht nicht. Ich kann das nicht. Also klappe ich das Buch zu und schiebe es zurück in die Schublade, unter die Pullover. Dann schnappe ich mir die angefressene Wolldecke, laufe damit nach unten und stopfe sie in die Mülltonne draußen. Dieses Tagebuch wurde vor vielen Jahren geschrieben. Also falls Mum irgendwelche Geheimnisse hatte, na ja, dann können die wohl nichts mit mir zu tun haben.

0.40 Uhr: Allerheiligstes

»Hast du es wieder sauber gekriegt?«, fragt Maddie, die den Kopf zur Tür reinsteckt.

»Jawoll«, sage ich.

»Cool. Dann gute Nacht.«

»Nacht«, sage ich. »Äh, Maddie, du kennst Mum doch?«

»Unsere Mum?«

»Sie hat dir nicht irgendwelche irgendwie spannenden Geheimnisse verraten, oder?«

»Hä?«, sagt sie.

»Ach nichts«, sage ich.

Meine Schwester schüttelt den Kopf. »Na ja, dann bis morgen Früh.«

»Genau«, sage ich.

Als ich endlich wieder ins Bett gehe, höre ich Ozzy in seinem Käfig herumspringen und plappern. Ich hole ihn raus und setze ihn auf mein Bett, um ihn zu knuddeln, aber er flitzt sofort davon und fängt an, sich unter die Bettdecke zu wühlen.

Es ist schrecklich, das zuzugeben, aber ein paar Sekunden lang wünsche ich mir fast, er wäre noch verschwunden.

Dienstag, 5. Mai

15.50 Uhr: Schule

Heute Nachmittag gehen nur Davey und ich zusammen nach Hause, weil Ollie einen Zahnarzttermin hat. Davey lehnt draußen an der Mauer der Turnhalle und macht ein Gesicht wie Männer, die vor der Damenumkleide warten müssen. Also wie kurz vor dem Selbstmord.

»Was geht ab?«, sage ich zu ihm.

Davey zuckt mit den Schultern. »Nicht viel.«

Wir gehen eine Weile schweigend nebeneinander her.

»Morgen wieder Sport«, sage ich. »Glaubst du, Mr Cox lässt uns wieder diese Liegestütz-Sprünge machen? Mir haben die Beine danach eine Woche lang wehgetan.«

»Wenigstens hast du ein paar davon geschafft«, sagt Davey. »Ich bin kaum vom Boden hochgekommen.«

»Ha!«, sage ich.

Wieder Schweigen.

»Na ja«, sage ich, »wann braucht man im wirklichen Leben schon mal Liegestütz-Sprünge?«

»Nicht oft, schätze ich«, sagt Davey.

»Außer du willst zur Armee!«

»Nicht unbedingt«, sagt Davey. »Obwohl ich es vielleicht versuche, um Landvermesser zu werden.«

»Das klingt ja … klasse«, sage ich.

Inzwischen sind wir vor Daveys Haus angekommen.

»Na dann, man sieht sich morgen«, sage ich.

Plötzlich dreht Davey sich noch mal zu mir um und sagt: »Josh, bist du glücklich?«

»Äh?«, mache ich. »Na ja, ich schätze schon. Du etwa nicht?«

»Nicht wirklich.«

Ich möchte Davey fragen, warum, aber er hat sich schon abgewandt und ist die halbe Einfahrt raufgegangen.

16.30 Uhr

Glücklich? Glücklich? Was für eine Frage ist das überhaupt?

19.00 Uhr: Küche

Beim Tee (und nach ordentlichen Fischstäbchen, mal ohne schwarze Stellen) sage ich: »Mum, ich glaube, Davey hat eine Teenagerkrise. Er sagt, er ist nicht glücklich.«

»Was?«, sagt Mum. »Na, das sollte er aber besser mal sein. Er hat doch noch sein ganzes Leben vor sich.«

»Genau«, mischt sich meine Schwester ein, »ein ganzes Leben voller Ärger.«

»Unsinn«, sagt Mum. »Das sind die besten –«

»Stopp, Mum«, sage ich. »Bitte sprich es nicht aus.«

»Wie auch immer«, fährt sie fort, »er soll mal abwarten,

bis er in mein Alter kommt, dann hat er wenigstens einen Grund, sich Sorgen zu machen. Ich meine, was hält das Leben schon für eine alte Abgehalfterte wie mich bereit?«

»Nun ja …«

»Es gibt Tage, da wünsche ich mir, ich würde nicht mehr aufwachen.«

»Nun ja …«

»Tage, an denen ich am liebsten für immer schlafen würde.«

»Mum!«, sage ich. »Sei nicht albern. So alt bist du doch noch gar nicht.«

»Tja, komm du erst mal in das Alter«, sagt sie. »Und glaub mir, es bringt keinerlei Vorteile mit sich, alt zu sein, Josh.«

»Ha«, sage ich, »da täuschst du dich. Du musst dich wenigstens nicht mit den Hochfrequenztönen, mit denen sie die herumhängenden Jugendlichen vor Morrison's vertreiben wollen, rumschlagen. Um nur eine Sache zu nennen.«

»Die würde ich liebend gern hören«, sagt Mum.

Mittwoch, 6. Mai – keine zwei Monate mehr bis zu meinem sechzehnten Geburtstag

18.00 Uhr: Park mit Mr Pitman und Minty

Diese Sache mit dem Glücklichsein liegt mir irgendwie immer noch auf der Seele. Ich frage Mr Pitman, ob er glücklich ist, und erstaunlicherweise sagt er, ja! Er sagt, er habe ein paar gute Freunde (nicht nur Mum und mich!), die gerne mal auf ein paar Bier vorbeischauen, und dass er die einfachen Dinge im Leben genieße, zum Beispiel Curries und Musikhören.

Ich frage ihn, welche Sorte Musik er mag, und erwarte, dass er mir was von irgendwelchem Klassikmist erzählt, aber es stellt sich heraus, dass Mr Pitman ein großer AC/DC-Fan ist!

»Ich kann ein bisschen was von AC/DC auf meiner Gitarre spielen«, berichte ich ihm.

»Ausgezeichnet«, sagt Mr Pitman. »Ich habe früher auch ein bisschen auf der Gitarre rumgezupft.«

»Echt jetzt?«, sage ich und muss dabei ein bisschen erstaunt klingen, weil Mr Pitman sagt: »Du kannst ein Album nicht immer nach seinem Cover beurteilen, Josh.«

Mr Pitman hat absolut recht. Als ich das Cover von Anthrax' *Fistful of Metal* das erste Mal sah, dachte ich, der Musik fehle es total an Rhythmus und lyrischer Entwicklung, dabei stimmte beides nicht.

Donnerstag, 7. Mai

19.15 Uhr: Pfadfinder

Hm, ich krieg immer noch nicht aus dem Kopf, was Davey gesagt hat. Eigentlich sollte ich ein paar jüngeren Pfadfindern zeigen, wie man Seemannsknoten knüpft, aber irgendwie fällt es mir schwer, dafür die nötige Begeisterung aufzubringen.

22.00 Uhr: Allerheiligstes

Ozzy klettert auf mein Bett, rollt herum und stößt ein paar Duuk-Laute aus. Er ist wirklich schnell zufrieden.

Leider sind die meisten Leute nicht wie Frettchen. Sie denken zu viel über Sachen nach, machen sich selbst zu viel Druck und sind traurig und enttäuscht, wenn die Dinge nicht laufen. Das erinnert mich gleich daran, mir die Ziele in meinem Notizbuch anzusehen.

23.01 Uhr

Scheißleben!

Freitag, 8. Mai

8.50 Uhr

Auf dem Schulweg holt Davey mich rennend ein. Er sieht besorgt aus.

»Davey«, sage ich, »bitte frag mich nicht, ob ich glücklich bin oder ob das Leben einen Sinn hat, weil ich fürchte mich selbst ein bisschen vor meiner Antwort darauf.«

»Hä?«, sagt Davey. »Ich wollte dich nur fragen, ob du die Hausaufgaben für Religion gemacht hast.«

»Oh«, sage ich. »Verdammt!«

14.30 Uhr: Religion

Ich erkläre Mrs Higginbotham, dass ich mich als überzeugter Atheist (der sich zu 98 Prozent sicher ist, dass Gott nicht existiert) aus Gewissensgründen weigere, für Religion zu lernen oder irgendwelche Hausaufgaben zu machen.

Mrs Higginbotham sagt: »Okay, schön.«

Man würde doch meinen, dass sie versuchen sollte, mich vom Gegenteil zu überzeugen. Ich meine, es ist ja nicht so, dass es mir was ausmacht, wie viele Prüfungen ich wie bestehe.

Moment mal …

18.45 Uhr: Küche

Auf dem Heimweg hat Davey mir erzählt, dass seine Mum ihm fünfundzwanzig Pfund für jede Eins versprochen hat, die er schreibt. Das ist eine ziemlich risikoarme Wette, weil Davey wahrscheinlich keine einzige schafft. Ich dagegen könnte zwei, wenn nicht sogar drei schreiben! Ich beschließe, dieses Thema Mum gegenüber beim Essen anzuschneiden.

»Mum, irgendwie weiß ich gar nicht, ob das viele Lernen sich überhaupt lohnt«, sage ich zwischen zwei Gabeln Spaghetti. »Ich meine, wen interessiert es überhaupt, ob ich gute Noten schreibe?«

Mum hält beim Abwaschen inne und schaut mich an. »Mich interessiert es«, sagt sie.

»Echt jetzt? Es bedeutet dir viel, wenn ich gut abschneide?«

»Unbedingt.«

»Bedeutet es dir, sagen wir, dreißig Pfund?«

»Wie bitte?«

»Also, Daveys Mum …«

Ich rede einfach weiter und rechne jede Sekunde mit einer Standpauke, aber Mum nickt nur und hört mir zu und nickt noch ein paarmal.

Nicht einmal unterbricht sie mich mit ihrem Gerede von den »finanziellen Schwierigkeiten«.

»Also, äh, was meinst du dazu?«, sage ich.

»Unbedingt«, stimmt sie mir zu. »Du wirst so schnell erwachsen, Josh. Ich kann dich einfach nicht mehr wie ein Kind behandeln. Es gibt da ein paar Dinge, die du … Dinge, die ich …«

»Was denn, Mum?«, sage ich.

»Ach, nichts«, sagt sie, greift nach ihrer Handtasche, die an der Stuhllehne hängt, und holt ihre Brieftasche heraus. »Hier hast du ein bisschen Geld als Vorschuss. Weil ich ja schon weiß, dass du es gut machen wirst.«

Geld im Voraus? Was zum Teufel ist das denn?

»Hundert Pfund«, sagt sie und gibt mir das Geld. »Tu es zu der Gitarre, von der du immer schwärmst.«

Ich bin so schockiert, dass ich vergesse, meinen Mund wieder zuzumachen. Ein großes Knäuel Spaghetti fällt mir in den Schoß.

19.20 Uhr: Allerheiligstes

Ich leere den Inhalt des Gurkenglases auf mein Bett und beginne zu zählen. Zusammen mit dem Hunderter komme ich auf dreihundertachtzig Pfund und zweiunddreißig Pence! Wow, damit fehlen mir nur noch gut hundert Pfund. Vielleicht schaffe ich es also tatsächlich!

Samstag, 9. Mai

10.35 Uhr: Küche

»Ach, übrigens«, sagt meine Schwester und gibt mir ein Schulbuch, »irgendein Mädchen kam vorhin vorbei, als du in der Dusche warst. Hat gesagt, du hättest das hier im Unterricht liegen lassen.«

»Was für ein Mädchen?«, sage ich.

»Sie hat ihren Namen nicht gesagt, aber sie hatte so …« Meine Schwester macht seltsame Kreisbewegungen mit ihren Händen.

»Was?«, sage ich. »Sie hatte was?«

»Du weißt schon.« Wieder diese kreisförmigen Bewegungen.

»Jetzt hör schon damit auf«, sage ich verwirrt. »Was hatte sie denn?«

»RIESENTITTEN!«, schreit meine Schwester.

»Oh«, sage ich. »Das muss Betty Calbag gewesen sein. Sie sitzt in Erdkunde hinter mir.«

»Das war aber nett von ihr, dein Buch vorbeizubringen«, sagt Mum, die gerade in die Küche kommt.

»Klar«, sage ich. »Erstaunlich nett, wo sie mich hasst wie die Pest.«

»Josh«, tadelt Mum mich, »manchmal denke ich, du leidest unter Verfolgungswahn.«

»Tu ich nicht!«, sage ich. »Nur weil alle mich hassen, leide ich noch lange nicht unter Verfolgungswahn!«

20.00 Uhr: Ente, Küche

»Wie geht's deiner Schwester?«, fragt Michelle.

»Ach, sie ist so schrecklich und psychotisch wie immer«, sage ich.

Michelle verdreht die Augen. »Ich meine, ob du ihr das von ihrem Freund erzählt hast.«

»Oh«, sage ich, »jaaa, ich musste quasi. Aber sie hat sowieso mit ihm Schluss gemacht.«

»Gut für sie«, sagt Michelle. »Und übrigens war das letzte Woche sehr mutig von dir, dass du ihn zur Rede gestellt hast. Ich war ziemlich beeindruckt.«

»Oh, ähm …«, sage ich. »Echt? Also, äh. Mhm …« Mein Gesicht wird röter als ein Hummer mit Sonnenbrand, aber zum Glück ist Michelle schon an die Bar zurückgekehrt.

»Du hast bei ihr einen Stein im Brett!«, sagt Derek und zwinkert mir zu.

»Nee«, sage ich.

»Frag, ob sie mit dir ausgeht«, drängt er.

»Pscht, Derek. Ich kann nicht«, sage ich.

»Warum nicht?«

»Ich steh nicht auf sie.«

»F*** off!«, stößt Derek hervor.

»Echt nicht!«, sage ich.

»Du bist ein Angsthase. Das ist es. Ich sollte dich in kleine Stückchen schneiden, panieren und in dieser verdammten Fritteuse backen!«

Bist jetzt mochte ich Derek ja ganz gern, aber das gibt jetzt Minuspunkte.

22.10 Uhr: Allerheiligstes

Oh Gott, Derek hat recht. Ich bin ein Angsthase. Und wenn Kirk Hammett in mein Zimmer käme, würde ich ihn nach einer Stunde Unterricht fragen. Na klar würde ich das machen!

Also gut, ich werde sie fragen. Aber ich muss es richtig anstellen. Ich muss vorher ein paar wirklich coole Sprüche auswendig lernen. Irgendwas, das sie umhaut, natürlich nur im übertragenen Sinn.

Sonntag, 10. Mai

10.45 Uhr: Wohnzimmer

Ich schreibe ein paar potenzielle Sprüche aus dem Internet in mein ledergebundenes Notizbuch. Bis jetzt habe ich:

Ist es hier drin so heiß oder bist du das?

Das würde in der Ente passen, weil es da immer so verdammt heiß ist. Vor allem in der Küche.

Ich hab meine Telefonnummer verloren. Kann ich deine haben?

Dämlich, aber auch ziemlich lustig.

Du bist so heiß, dass ich einen Sonnenbrand kriege, wenn ich dich ansehe.

Nur dämlich.

Und noch einen, den Ollie mir vorhin geschickt hat:

Ist das eine Leiter in deinen Strümpfen oder der Stairway to Heaven?

Das erklärt ja wohl ziemlich deutlich, warum Ollie die Liebe nie finden wird – oder jedenfalls nicht bei einem Mädchen!

Montag, 11. Mai

15.10 Uhr: La Bastille

Jetzt sind es nur noch fünf Französischstunden. Für immer! Als mir das klar wird, bekomme ich extrem gute Laune, aber Madame Zizi sorgt dafür, dass sie nicht lange anhält.

»Josh«, sagt sie. »Qu'est -ce que tu bois d'habitude à midi?«

Ich überlege eine Weile, bevor ich sage: »J'habite dans une maison?« Daraufhin brüllt die Klasse vor Lachen, zumindest alle Streber. Die meisten haben, so wie ich, weder die Frage noch meine Antwort verstanden.

»Ich habe dich nicht gefragt, wo du wohnst, Josh«, sagt Madame Zizi mit einem verächtlichen Lächeln. »Ich habe gefragt, was du mittags trinkst.«

»Oh«, sage ich. »Coke.«

»Auf Französisch, Josh.«

»Le Coke?«

Madame Zizi grinst triumphierend. Wieder mal ist es ihr gelungen, mich »très stupide« aussehen zu lassen. Aber immerhin sollte ich damit für den Rest der Stunde meine Ruhe haben. Also widme ich mich wieder der Liste, an der ich gerade schreibe:

»Dinge, die für mich sprechen«

Ich weiß, das ist ein bisschen traurig, aber es soll lebensbejahend sein, und ich brauche im Moment so viel Lebensbejahung, wie ich kriegen kann.

Bis jetzt steht da:

Kann gut Gitarre spielen
Tierlieb
Akzeptable Nase

Ist das alles? Mein Gott, ich würde nicht mal selbst mit mir ausgehen wollen.

Ollie tritt mir gegen das Schienbein und zeigt auf die Nachricht, die er für mich hinten in sein Heft gekritzelt hat:

Lust, nach der Schule zum Lernen vorbeizukommen? Hab ein neues Zombiespiel, Brain Splatter 2, ist echt episch

18.10 Uhr: Ollies Allerheiligstes
Brain Splatter 2 ist echt episch!

22.20 Uhr: Immer noch in Ollies Allerheiligstem
Widerlich episch!

23.00 Uhr: In meinem Allerheiligsten
Wie sollen Kinder eigentlich lernen, wenn es zu Hause diese ganzen Ablenkungen gibt? Ich finde, das ist die Schuld der Eltern.

Dienstag, 12. Mai

8.35 Uhr: Auf dem Weg zur Schule

Davey geht zu einer Therapeutin! Sie hat ihm empfohlen, über seine Gefühle Tagebuch zu führen. Deshalb hat seine Mum ihm ein großes ledergebundenes Notizbuch gekauft.

»Cool«, sage ich. »Das wird wie ein Überdruckventil sein.«

»Genau das hat meine Therapeutin auch gesagt!«, ruft Davey.

Mein Gott, ich hoffe, dass seine Therapeutin nicht meine Mum ist, die sich einfach verkleidet hat!

Mittwoch, 13. Mai

20.00 Uhr: Wohnzimmer

Ich verbringe den Abend damit, gleichzeitig Definitionen und coole Sprüche zu lernen. Ich hoffe, ich bringe im entscheidenden Moment nicht alles durcheinander!

Frage: Was ist der Unterschied zwischen dem Epizentrum und dem Hypozentrum eines Erdbebens?

Antwort: Wow, dein Vater muss Bäcker sein, weil du so eine süße Schnecke bist.

Donnerstag, 14. Mai

19.30 Uhr: Pfadfinder

Heute Abend basteln wir aus Obst Tiere. Ich habe da irgendwas falsch verstanden und eine Dose Pfirsiche mitgebracht, aber Peter lässt mich freundlicherweise an seiner Mango mitarbeiten.

»Was sollen wir als Augen nehmen?«, frage ich.

»Was du möchtest«, sagt Peter.

»Na ja, du musst doch auch irgendwelche Ideen haben«, sage ich.

»Ich habe echt andere Sorgen«, sagt Peter.

»Okay«, sage ich, »versuchen wir es doch mal mit diesen Oliven …«

»Ich schulde einem Telefon-Chat für Schwule dreihundertsieben Pfund und fünfzig Pence«, sagt Peter unvermittelt. »Und wenn ich das nicht innerhalb von zehn Tagen zahle, verklagen die mich.«

»Was?!«

»Mein Dad bringt mich um. Er weiß noch nicht mal, dass ich mit an Sicherheit grenzender Wahrscheinlichkeit schwul bin!«

»Verdammt … verdammt«, sage ich. »Mhm, hast du denn gar nichts gespart?«

Peter senkt den Blick und schüttelt den Kopf.

Ich schneide die Oliven in Ringe und stecke zwei davon auf die Mango.

»Ich wandere in den Knast«, heult Peter und Tränen laufen ihm über die Wangen. »Ins Jugendgefängnis. Da zwingt man mich bestimmt zu schrecklichen Sachen wie Maurerei und Mechanik!«

»Nein, hör mal, ich gebe dir das Geld«, sage ich.

»Wirklich? Oh Gott, danke, Josh. Ich danke dir. Ich zahle es dir auch zurück.«

»Ja, also, ich meinte, ich leihe es dir«, sage ich.

»Es wird vielleicht ein bisschen dauern, wegen der Studiengebühren an der Uni und so …«

Na toll …

22.10 Uhr: Allerheiligstes

Ich nehme dreihundertsieben Pfund und fünfzig Pence aus meinem Gitarren-Fonds und stopfe sie für Peter in mein Federmäppchen. Ich bin kein Weichei, also heule ich nicht, aber ich bin nahe dran. Peter sollte mich besser nicht noch mal einen unsensiblen Idioten nennen, das steht fest.

Samstag, 16. Mai

17.00 Uhr: Wohnzimmer

Meine Schwester sagt, Gelockt und Gefärbt erweitert sein Angebot. Bald wollen sie dort auch Augenbrauenfärben, Gesichtsbehandlungen und Waxing anbieten.

»Was ist mit Piercings?«, sage ich, weil ich mich an Punkt 5 auf der Liste meiner Ziele erinnere.

»Wahrscheinlich auch«, sagt sie, »aber ich bin mir nicht sicher, ob ich noch lange dort arbeite.«

»Warum nicht?«, frage ich.

Meine Schwester schüttelt sich. »Weil ich anfangen muss, Leuten den Rücken, die Eier und die Arschritze zu enthaaren.«

19.00 Uhr: Ente

Michelle hat heute frei, was sogar eine gewisse Erleichterung für mich bedeutet, weil ich immer noch nicht weiß, mit welchem Spruch ich den Anfang machen soll. Positiv ist außerdem, dass Mrs Barnes meinen Lohn erhöht hat. Ich kriege jetzt 4,98 Pfund die Stunde, sodass ich jeweils fast zwanzig Pfund in das traurig leere Gurkenglas stecken kann.

Sonntag, 17. Mai

Nachricht von Peter @PeterTheTweeter: **Hey Leute, ich bin bei Twitter! Follow me!**

Nachricht von mir: **Nein**

Montag, 18. Mai

16.00 Uhr: Kunsttrakt

Heute Prüfung in Kunst. Das von mir gewählte Thema lautet »Die Schönheit des Klangs«. Ich habe gerade sechs Stunden an einer leicht bekleideten Frau gemalt, die sich auf einem Verstärker rekelt.

Lydia Smart kommt vorbei, deutet mit dem Kopf auf mein Bild und meint: »Das ist keine Schönheit, sondern eine Schlampe.«

Lydia ist ja bloß neidisch, weil ihr Bild nicht so gut geworden ist wie meins. Außerdem ist sie flachbrüstig.

Ich sage nur: »Tja, das ist deine Meinung.«

Als Beleidigung war das nicht gerade besonders schlagfertig, aber zum Glück dampft Lydia ab, sodass ich meinen Tagtraum vom Metal-Starruhm weiter genießen kann. Darin kommen jede Menge sehr nicht-flachbrüstiger Frauen vor, die ihre Wertschätzung für meine Malerei und meine Fähigkeiten an der Gitarre zum Ausdruck bringen!

22.15 Uhr: Allerheiligstes

Ja! Jetzt weiß ich endlich, was ich am nächsten Samstag zu Michelle sagen werde. Und zwar: »Es ist heiß hier drin, aber liegt nur an dir, Michelle, denn wenn ich dich sehe, geht in meinem Kopf die Sonne auf. Du bist der Grund für die globale Erwärmung, aber im positiven Sinne. Bitte, lass mich dich von all dem hier wegbringen.«

Dazu eine Geste, die schmutziges Geschirr, Derek usw. einschließt.

Ich habe zwar eine verdammte Riesenangst, aber ich bin entschlossen, das durchzuziehen. Denn was auch immer passiert, wenigstens kann ich dann sagen, dass ich es versucht habe.

Dienstag, 19. Mai

12.30 Uhr: Kunstrasen

Daveys Therapeutin hat Davey erklärt, dass es hart ist, ein Teenager zu sein.

Ach was!

Mittwoch, 20. Mai

15.40 Uhr

Hatte heute meine letzte Mathestunde überhaupt! Das versetzt mich in Hochstimmung. Ich verabschiede mich von Ollie und jogge nach Hause, wo Jasper, der freundliche Kater von nebenan, mich bis in den Flur begleitet.

»Hey, Alter, kommst du auf einen Besuch vorbei?«, sage ich und bücke mich, um ihm durchs Fell zu fahren. »Na, was geht ab im Hinterhof? Hast es wohl auf die scharfen Miezen abgesehen, was? Lässt deinen pelzigen Schwanz ordentlich rumpeitschen –«

»Ähm«, sagt Mum, »Michelle aus der Ente wartet im Wohnzimmer.«

Du meine Güte, was macht denn Michelle hier? Außer mich jetzt wahrscheinlich erst recht für einen absoluten Trottel zu halten. Na ja, vielleicht hat sie mich ja nicht gehört.

Ich gehe also ins Wohnzimmer, wo Michelle auf unserem Sofa sitzt.

»Hi«, sagt sie grinsend, »was geht ab im Hinterhof?«

Na toll!

»Ähm, alles prima«, bringe ich hervor und setze mich in den Sessel. »Wie kommt es, dass du hier bist? Damit meine ich natürlich nicht, dass es nicht nett ist, dich zu sehen!«

»Mrs Barnes schickt mich«, erklärt Michelle. »Es tut mir leid, Josh, aber sie möchte lieber nicht, dass du wieder zum Arbeiten kommst.«

»Was?«, sage ich. »Warum?«

Michelle schaut verlegen drein. »Es liegt nicht daran, dass du keinen guten Job gemacht hättest«, sagt sie. »Es ist nur, also, wegen diesem Clint …«

»Erzähl weiter«, sage ich.

»Also, er hat sich beschwert, dass du seine Freundin angemacht hättest.«

»Was?!«, sage ich. »Das ist doch totaler Müll.«

»Ich weiß«, sagt Michelle. »Der Typ ist ein absoluter Scheißkerl.«

»Verdammt«, sage ich.

»Ich habe Mrs Barnes gesagt, dass du so was nie machen würdest. Ich habe ihr gesagt, dafür wärst du viel zu nett, aber er kommt eben fast jeden Tag zum Mittagessen, weißt du. Ist ein Stammgast.«

»Na toll«, sage ich.

»Na gut«, sagt Michelle und steht auf. »Tut mir leid, Josh. Ich persönlich werde dich echt vermissen. Nimm's nicht so schwer, ja?«

»Ja, klar«, sage ich. »Ähm … ähm, es ist heiß hier drin …«

»Wie bitte?«, sagt sie.

Ich hole tief Luft und räuspere mich. »Was ich sagen will, Michelle, ist, dass ich dich wirklich gern –«

»Tasse Tee, Schätzchen?«, sagt meine Mum, die gerade mit einem Haufen Wäsche unterm Arm in der Tür zum Wohnzimmer erscheint. »Ich muss nur diese dreckigen Unterhosen von Josh noch in die Waschmaschine stecken, dann setze ich den Kessel auf.«

»Äh, ähm, nein danke«, sagt Michelle. »Ich sollte mich mal lieber auf den Weg machen. Meine Schicht fängt in zwanzig Minuten an.«

»Ah …«, sage ich. »Ähm.«

»Kein Problem, Süße«, unterbricht meine Mum schon wieder. »Ich begleite dich zur Tür.«

Damit führt Mum Michelle durch den Flur und öffnet

ihr die Haustür. »Alles klar, Schätzchen. Danke fürs Vorbeikommen.«

Küche – drei Minuten später

Meine Mutter schüttelt den Kopf und hat die Hände in die Hüften gestemmt. »Wie hast du es geschafft, aus einem Job als Tellerwäscher gefeuert zu werden?«, ruft sie.

»Mum, das hat mit der Geschichte mit Clint zu tun. Er rächt sich an mir, weil Maddie mit ihm Schluss gemacht hat.«

»So wenig ich Clint auch leiden kann, sehe ich nicht, was das damit zu tun haben soll, dass du gefeuert wurdest. Fakt ist doch wohl, dass man entweder abwaschen kann oder eben nicht.«

»Mum, natürlich kann ich verdammt noch mal abwaschen!«

»Benutz mir gegenüber gefälligst keine Schimpfwörter, Josh!

»Ich habe ›verdammt‹ gesagt. Verdammt ist kein Schimpfwort!«

»Lass das!«

»Mum, ich gehe jetzt lernen«, sage ich. »Ach, und übrigens hast du das mit den Unterhosen vorhin toll gemacht. Ich hoffe, dir ist klar, dass du damit meine einzige Chance, jemals eine ordentliche Freundin zu finden, zunichte gemacht hast. Oder die, überhaupt jemals eine Freundin zu finden, wenn man's genau nimmt!«

Damit stürme ich die Treppe rauf, knalle die Tür hinter mir zu und schlage so lange auf mein Kopfkissen ein, bis mir die Kraft ausgeht.

Donnerstag, 21. Mai – letzter Tag im Lernknast!

14.15 Uhr: Im Garten hinter Daveys Haus

Ich bin immer noch sauer wegen meinem verlorenen Job und Michelle, aber das wird mich verdammt noch mal nicht davon abhalten zu feiern, dass die Schulzeit vorbei ist. Jawohl, der Bildungszwang ist Geschichte! Nie mehr werde ich diesen unglaublich unvorteilhaften, rotzfarbenen Pulli tragen müssen. Mir nie mehr Mr Cains Gelaber über stumpfe Winkel anhören oder mitansehen müssen, wie Madame Zizi über reflexive Verben außer sich gerät.

»Meinst du, das ist ungefährlich?«, fragt Davey. »Ich meine, wir wollen ja den Schuppen nicht in Brand stecken.«

»Alles gut«, sage ich. »Schmeiß sie endlich drauf.«

Davey lässt seine Turnhose auf den Haufen aus trockenen Zweigen fallen. »Auf Nimmerwiedersehen!«, verkündet er.

»Man sieht sich in der Hölle!«, sagt Ollie und schmeißt sein T-Shirt oben drauf.

»Du bist dran, Peter«, sagt Davey.

Peter sieht ein bisschen verlegen aus. »Ähm, ich glaube, ich behalte meins«, sagt er. »Ich finde, die Shorts stehen mir, und das T-Shirt kann ich noch mit ein paar anderen Outfits kombinieren.«

»Peter«, sage ich, »dies ist die rituelle Verbrennung der Ausrüstung für den Turnunterricht. Wir waren uns doch alle einig, dass wir das machen.«

»Wollt ihr meine Tennissocken haben?«, schlägt er vor.

»Na schön«, sage ich. »Dann muss es eben mit denen gehen.«

Davey zündet den Haufen an und wir sehen zu, wie er … qualmt. Das ist nicht ganz der Effekt, den wir uns vorgestellt hatten, ähm …

»Sehr symbolisch«, meint Ollie hustend und wedelt den Rauch weg.

»Ja«, sage ich.

»Was soll das noch mal symbolisieren?«, sagt Peter.

»Es symbolisiert die Freiheit von der Tyrannei der Sportlehrer und anderer Despoten auf der ganzen Welt«, sagt Ollie. Ich finde, das hat er ziemlich gut formuliert, wenn man bedenkt, dass er in Englisch wahrscheinlich nur eine Drei kriegt.

Da kommt Daveys Mum aus dem Gewächshaus und kippt eine große Schüssel Wasser über den qualmenden Haufen.

»Ihr vier seid wirklich absolute Volltrottel«, erklärt sie, bevor sie wieder verschwindet.

»Despotin«, murmelt Davey.

Nach der nur halbwegs erfolgreichen Verbrennung der Sportklamotten beschließen wir, in den Park zu spazieren, um uns dort zur Feier des Tages ein paar Drinks zu gönnen, abzuhängen und Mädchen anzuquatschen … na schön, auf alle Fälle abzuhängen.

Mum hat mir, wie üblich, verboten, Alkohol zu trinken. Sie sagt, das gibt nur Ärger. Aber Mum steht bei mir wegen gestern sowieso noch in der Kreide, also habe ich nicht die Absicht zu tun, was sie sagt. Wenn ich außerdem jetzt anfange zu trinken, bleibt mir noch genügend Zeit, wieder nüchtern zu werden, bevor ich nach Hause gehe.

16.30 Uhr: Im Park (auch bekannt als Fleischbeschau)

»Wow«, sage ich, als ich die Massen von Jugendlichen sehe.

»Dann wollen wir uns mal unter die Leute mischen«, schreit Ollie und stürmt davon.

»Wie nett«, sagt Davey. »Anscheinend will er nicht mit Losern wie uns gesehen werden.«

»Na ja, wir sollten uns schon irgendwie unter die Leute mischen«, sage ich. »Schließlich werden wir die Mädchen wohl kaum dazu bringen, dass sie von sich aus auf uns zugehen. Los, trennen wir uns. Jeder versucht sein Glück und dann treffen wir uns hier in einer Stunde wieder.«

»Okay«, meint Davey achselzuckend, dann trotten er und Peter in Richtung Spielplatz davon. Wahrscheinlich, um ein paar Kleinkinder anzusprechen.

Ich fühle mich ein bisschen einsam und frage mich gerade, ob das mit dem Mischen so eine gute Idee war, als mir jemand auf die Schulter tippt und sagt: »Hey, du bist Josh, oder?«

Ich drehe mich um und erkenne ein Mädchen aus der Schule. Sie ist nicht Michelle, aber ganz süß. Auf eine rundliche, knopfäugige Weise – ein bisschen wie ein Riesenmeerschweinchen.

»Das Bild, das du für die Prüfung in Kunst gemalt hast, war super«, sagt sie.

»Danke«, sage ich.

»Sag mal, willst du dich nicht hinsetzen und ein bisschen Cidre trinken?«

»Haben Frettchen Schnurrhaare?«, sage ich.

»Wie bitte?«, sagt sie.

»Ja gern«, sage ich.

Ich setze mich neben das Mädchen (dessen Name mir nicht einfallen will) und suche nach einem guten Thema für eine Unterhaltung. Sie ist definitiv potenzielles Girlfriend-Material, trotz ihrer Ähnlichkeit mit einem Meerschweinchen.

Sie lächelt mich an, und da merke ich, dass ihr BH-Träger ein bisschen von ihrer Schulter gerutscht ist.

»Hübscher BH«, sage ich. »Ich schätze, du beziehst deine Unterwäsche von NEXT.«

»Du bist schon irgendwie seltsam, was?«, sagt sie kichernd. »Trink noch ein bisschen Cidre.«

»Danke«, sage ich und nehme einen ordentlichen Schluck. »Ist das ein Balconette-BH, was du da anhast?«

»Hä?«

»Weil der mehr, ähm, Halt gibt.«

Das Mädchen rutscht ein bisschen näher. »Möchtest du ihn mal sehen?«

»Äh«, sage ich. »Das wäre nett.«

Ich trinke den Cidre ganz aus und will gerade unter ihr Top schielen, als sie wie ein erschrockenes Ferkelchen zurückschreckt.

»Was ist denn da los?«, sagt ein Typ mit Clint-ähnlicher Statur.

»Oh, hallo«, sage ich. »Wer bist du denn?«

»Ich bin Ambers Bruder.«

»Und wer ist Amber? Ach so … ja.«

»Wer zum Teufel ist das?«, fragt der Typ Amber.

Amber zuckt mit den Schultern. »Er heißt Josh.«

»Das bin ich«, sage ich und muss hicksen. »Josh the Destroyer!«

Ambers Bruder sieht mich mit einem Was-soll-der-verdammte-Mist?«-Blick an und packt dann seine Schwester bei der Hand. »Komm schon. Was würde Dad sagen, wenn er dich so sehen könnte?«

»Es war seine Schuld«, sagt Amber. »Er hat mir was in mein Getränk gefahren.«

»Getan, das meinst du, glaube ich«, sage ich. »Ich hab dir was in deinen Drink getan.«

»Du steckst ganz schön in Schwierigkeiten, Bürschchen«, sagt der Clint-Artige, lässt Amber los und packt mich am Kragen.

»Aua«, quieke ich. »Das tut ein bisschen weh. Hör mal,

der Cidre war noch nicht mal von mir. Es war ihrer. Also, wenn überhaupt, dann hat sie versucht, mich betrunken zu machen ...«

17.05 Uhr

Ich bin mir sicher, dass es gesetzlich verboten ist, jemand mit dem Kopf voran in einen Mülleimer zu stecken, aber wahrscheinlich lohnt sich eine Anzeige nicht. Zum Glück weigern sich hier ja die meisten Leute sowieso, ihren Abfall ordentlich zu entsorgen, sodass das Ding fast leer war.

Fast.

Ich pelle mir ein benutztes Kondom von der Stirn und sehe, wie Amber von ihrem Bruder weggeschleppt wird.

»Hey Josh, lange nicht gesehen.«

Das ist Charlene. Das Mädchen, das sich für die Pfadfinder zu cool war. Ich hätte sie nicht erkannt, denn sie trägt lila Leggings und ein knallrosa T-Shirt mit der Aufschrift »Soul Diva«.

»Hi«, sage ich,

»Yo«, sagt sie und setzt sich.

»Du siehst ... verändert aus«, sage ich. »Stehst du noch auf Metal?«

»Nee, inzwischen auf 50 Cent.«

»50 Cent!«

»Und N-Dubz.«

»N-Dubz!!«

Es fühlt sich an, als hätte mir jemand einen Dolch in die

Brust gerammt. »Aber die ganzen Konzerte, auf denen du warst«, stottere ich. »Dein Pantera-Tattoo!«

»Ach, das war bloß Kuli.«

Kuli!!

»Und was ist mit deinem Nasenpiercing?«

»Das war bloß angeklebt. Hör mal, dachtest du echt, meine Eltern hätten mir das erlaubt? Ich war da erst vierzehn!«

Ich bin vollkommen sprachlos.

»Tja«, sagt sie und zieht einen Eisstiel hinter meinem Ohr hervor, bevor sie aufsteht. »Dann noch viel Spaß beim Feiern. Und bleibt bei Metal, Alter.«

Ha! Ja, ich werde bei Metal bleiben. Im Unterschied zu gewissen anderen Leuten. Mein Gott, solche Leute machen mich echt krank. Man sollte sie umbringen, einfrieren, wiederbeleben und gleich noch mal umbringen!

17.40 Uhr

»Warum zerkleinerst du diesen Eisstiel?«, fragt Peter.

»Nur so«, erkläre ich ihm.

»Du wirkst ein bisschen sauer.«

»Ich bin nicht sauer, sondern enttäuscht«, sage ich. »Die Leute hier sind ja ziemlich schräg drauf. Ich meine, echt schräg!«

»Kann man wohl sagen«, meint Peter. »Und, äh, apropos schräg, kannst du mir helfen, Davey zu finden? Ich glaube, er hat sich volllaufen lassen und ist irgendwo kollabiert.«

17.45 Uhr

Da ich Davey vor gut einer Stunde noch gesehen habe, ist es mir unerklärlich, wie er sich so schnell hat volllaufen lassen können. Aber besonders toll fühle ich mich selbst auch nicht.

Ich schaue hoch und sehe Ollie auf uns zukommen. Er schwenkt eine weiße Tragetasche.

»Stoff«, verkündet er fröhlich. »Hat mein Bruder für uns besorgt. Wo ist Davey?«

»Keine Ahnung«, sagt Peter. »Ich glaube, er ist verloren gegangen.«

»Ach, irgendwo muss er doch sein«, sage ich. »Ich rufe mal sein Handy an.«

Ich schaffe es, mein Telefon zu finden und Daveys Nummer zu wählen. Ich höre ein eigenartiges Schnüffeln und Grunzen.

»Ich glaube, ein Dachs hat sein Handy geklaut«, sage ich zu den anderen.

»Nee«, sagt Ollie. »Die haben viel zu dicke Pfoten für die Tasten. Haha!«

»Davey?«, sage ich ins Telefon. »Wo steckst du?«

Es schnüffelt weiter, dann meldet sich Davey mit unsicherer Stimme und sagt: »Ich bin in einem Gebüsch.«

»Er ist in einem Gebüsch«, vermelde ich den anderen.

Wir schauen uns um und sehen Millionen von Gebüschen im Park.

»In welchem?«, fragt Ollie.

20.30 Uhr: Immer noch im Park – eine Tasche voller Stoff und viele Gebüsche später

»Sag ihm, er soll das Gebüsch genauer beschreiben«, drängt Peter mich zwischen zwei Hicksern.

»Wie sieht dein Gebüsch denn aus?«, frage ich Davey übers Telefon.

Davey sagt: »Es ist grün. Und könnt ihr bald kommen? Ich glaube, mir ist ein bisschen schlecht.«

»Lasst uns hier langgehen«, schlägt Ollie mit schwerer Zunge vor. Dabei zeigt er auf eine Wiese, wo es kaum Büsche, dafür aber viele Mädchen und reichlich Stoff gibt.

Plötzlich bleibt Peter stehen und kneift die Augen ein bisschen zusammen, um in die Ferne zu schauen. »Das da ist nicht deine Mum, oder?«, sagt er.

»Hä?«, sage ich. »Nee …«

Ich starrte geradeaus. Vielleicht noch vierzig Meter entfernt befindet sich eine kleine, böse, irgendwie viktorianisch wirkende Frau, die mit großen Schritten auf uns zu marschiert. Mit anderen Worten: Es ist meine Mum, und ich bin echt angepisst! Ich blicke mich um, aber hier kann man sich nirgends verstecken, außer in einem ziemlich großen Gebüsch, das vielleicht zehn Meter entfernt steht.

»Da rein«, sage ich. »Schnell!«

20.40 Uhr: Ein Gebüsch

»Joshua, ich weiß, dass du da drin bist«, sagt meine Mum.

»Woher weiß sie das?«, flüstert Peter.

»Weil seine Turnschuhe vorne rausstehen«, erwidert meine Mum.

»Du Idiot«, lallt Ollie. »Du hast unsere Position dem Gebner, Negner, ach, dem Feind verraten …«

»Hi Mum«, sage ich, krieche aus dem Gebüsch und wische mir ein paar Blätter ab sowie etwas, das verdächtig nach Hundekacke riecht. »Was bringt dich denn in den Park, an einem so herrlichen … hicks …?«

»Du bist betrunken«, stellt meine Mum fest.

»Nein«, sage ich. »Nei-hein! Ich hatte bloß eine Dose Cidre.«

»Und ungefähr eine Drittelflasche Jack Daniels und ein paar Bacardi Breezer«, fügt Peter hinzu.

»Halt die Klappe, Peter«, sage ich.

»Wo ist Davey?«, fragt meine Mum.

»Und noch eine Flasche Carlsberg und zwei Pina Coladas«, zählt Peter weiter auf.

»Jetzt halt's Maul, Peter!«

»Oh, hallo zusammen«, sagt Davey und klettert aus demselben Gebüsch. »'Tschuldigung. Habt ihr mich gesucht? Ich muss eingeschlafen sein.«

21.15 Uhr: Hinter dem verbotenen Portal

Meine Mutter hat gerade jeden meiner Freunde einzeln durch die Mitte des Parks nach Hause geführt. Es hingen da noch eine Menge Leute aus der Schule ab, und alle haben es gesehen. Ärgerlicherweise schienen meine Freunde schon zu betrunken, um zu merken, wie schrecklich das war, was da passierte. Ich war dagegen ernüchtert genug, um jeden einzelnen furchtbaren Moment mitzubekommen.

»Ich glaube, du gehst jetzt besser in dein Zimmer«, sagt Mum.

»Okay«, murmele ich.

»Ich bin nicht sauer«, sagt sie. »Ich bin enttäuscht. Habe ich dir nicht schon millionenmal erklärt, welche Probleme Alkohol verursacht?«

»Ja, Mum«, sage ich, »und es tut mir ja auch leid. Okay? Aber warum ist es so eine große Sache. Ich kapiere einfach nicht –«

»Eines Tages werde ich's dir sagen«, meint Mum und wendet sich abrupt ab. »Vielleicht sogar schon bald …«

Freitag, 22. Mai

17.00 Uhr: Küche

Für den Ball nach den Prüfungen sollen wir uns richtig schick machen. Mum fängt davon an, dass, wenn ich etwas von dem Geld, das ich in der Ente verdient habe, nehme, ich mir ein hübsches neues Hemd kaufen könnte. Aber ich glaube, schon ein kurzer Blick in mein Gesicht verrät ihr, dass nur irgendetwas jenseits einer mentalen Kernschmelze mich dazu bringen könnte, den Gitarren-Fonds für Klamotten auszugeben.

»Mr. Pitman hat nach dir gefragt«, sagt sie und gibt mir ein Käse-Sandwich. Wahrscheinlich soll das mein Snack zum Tee sein. »Er sagte, ihr hättet schon ein paar nette Ausflüge in den Park gemacht.«

»Stimmt. Er ist ein ziemlich cooler Typ«, sage ich.

Mum lächelt. »Ich glaube, Minty bräuchte mal wieder einen Spaziergang.«

»Hmm, und ich glaube, Minty wird sich noch ein bisschen gedulden müssen«, erkläre ich. »Bald sind ja Sommerferien, und dann kann ich sie jeden Tag ausführen.« Moment mal, Josh, was redest du da? »Oder zumindest ein paarmal pro Woche«, füge ich rasch hinzu. Da ist ein fettes Haar auf meinem Sandwich, aber es sieht aus wie eins von Ozzy, also esse ich trotzdem weiter.

»Es wäre toll, wenn du das arme Ding wenigstens einmal schnell um die Block führen könntest«, versucht Mum es quasi mit emotionaler Erpressung. »Bloß ein paar Minuten. Ich gehe gegen sechs bei Mr Pitman vorbei. Nur falls du mitkommen möchtest. Er würde sich bestimmt freuen, dich zu sehen.«

»Mum«, sage ich ernst. »Mir stehen zehn Prüfungen kurz bevor. Ich glaube, auf die sollte ich mich mit aller Kraft konzentrieren, oder nicht? Wenn du mich jetzt bitte entschuldigst. Ich gehe lernen.«

Das ist ärgerlich, weil ich eigentlich ein bisschen auf Facebook stalken wollte, aber der Computer steht unten und Mum wird wachsam sein. Also gehe ich tatsächlich rauf und fange mal mit Erdkunde an. Anscheinend braucht Getreide jedes Jahr zwischen zweihundertfünfzig und fünfhundert Millimeter regelmäßigen Niederschlag. Mein Gott, ist Landwirtschaft langweilig.

Ich beschließe, mir eine kurze Pause zu gönnen und den alten Gitarren-Fonds zu überprüfen. Nur um zu sehen, wo ich stehe.

Hundertachtzehn Pfund und zweiunddreißig Pence.

Das wäre gar nicht so schlecht, nur dass ich wegen diesem Idioten Clint keinen ordentlichen Job mehr habe. Toll! Das heißt, ich muss nur noch ungefähr hundert Mal Rasen mähen und Rasenkanten trimmen, um auch nur in die Nähe der Jackson zu kommen. Das macht mich so wütend, dass ich Peter eine wütende Nachricht schicke und verlange, dass er sofort mit der Rückzahlung anfängt. Dann hole ich mir den »Extra Special West Country Fudge«, den Mrs Simpkins mir geschenkt hat, weil ich ihre Geranien gegossen habe. Ich esse den Schokokuchen auf einen Sitz auf. Abwesend nehme ich zur Kenntnis, dass hundert Gramm von dem Fudge 150 Prozent meiner empfohlenen Tagesdosis gesättigter Fettsäuren entsprechen. Ich habe fünfhundert Gramm verdrückt, also sollte ich jetzt eigentlich längst tot sein, aber was soll's. Eigentlich wäre ich sogar gern tot. Wenn ich jetzt einen Schlaganfall oder einen Herzinfarkt bekäme, würde den Leuten vielleicht endlich klar, wie gemein sie zu mir gewesen sind. Mum hätte ein total schlechtes Gewissen und … und … Oh Gott, was denke ich denn da? Ich murmle eine rasche Entschuldigung an Dad und werfe einen Blick auf meinen Wecker. Es ist fünf vor sechs.

»Warte, Mum«, rufe ich. »Ich komme mit.«

18.10 Uhr: Bei Mr Pitman

Minty freut sich offensichtlich über mich. Wie eine psychotische Fliege rast sie durchs Zimmer und schnappt liebevoll nach meinen Fußknöcheln.

»Minty mag dich«, sagt Mr Pitman. »Und Hunde sind ziemlich gut darin, einen Charakter zu beurteilen.«

Ich muss lächeln und gehe Mintys Leine aus der Küche holen.

»Mr Pitman war früher Klempner«, sagt Mum, als ich ins Zimmer zurückkomme.

»Ach, wirklich?«, sage ich. Mir ist nicht klar, warum Mum mich ausgerechnet auf diesen Umstand aufmerksam macht. Es kommt mir fast so vor, als sollte ich beeindruckt sein – beeindruckt von einer Karriere im Reparieren verstopfter Toiletten? Eher nicht …

»Ein sehr guter noch dazu«, redet sie weiter.

»Ach ja«, sagt Mr Pitman und winkt ab. »Es war okay. Aber als die Arthritis meine Hände erwischte, musste ich ja in Frührente gehen.«

Ich gebe ein mitfühlendes Geräusch von mir.

»Weißt du, Josh, ich denke, es ist an der Zeit, dass du Mr Pitman ›Ned‹ nennst. Wenn ich sehe, wie gut ihr beiden euch versteht«, sagt Mum.

»Ähm, einverstanden«, sage ich. »Dann also Ned.«

Mum lächelt. Sie lächelt heute ganz schön viel, und das macht mich nervös.

»Also, tja, dann ziehe ich jetzt mal mit Minty los«, sage ich.

»Ja, in Ordnung«, sagt Mum. »Du bist ein guter Junge, Josh.«

Ich bin gerade mal ein Stückchen die Straße runter gegangen, als ich eine Nachricht von Peter bekomme. Wahrscheinlich beschwert er sich über meinen unfreundlichen Ton.

Peter schreibt: **Keine Sorge, hab schon 11.35 £ für dich!**

£11.35. Wow!

Aber immerhin ist es ein Anfang.

Minty beginnt zu hecheln und an ihrer Leine zu ziehen. »Schon gut, Minty. Gehen wir weiter.«

18.30 Uhr: Steve's Music Emporium auf dem Weg zum Park

Die Jackson ist weg!

Ich presse meine Nase gegen die Scheibe, reibe mir die Augen und schaue noch mal hin, aber sie bleibt verschwunden. Und offenbar erst seit Kurzem. Denn die haben noch nicht mal den Ständer aus dem Schaufenster genommen. Da steht er und verspottet mich mit seiner schwarzen, metallenen Leere.

Ich hole tief Luft und lehne mich an die Mauer.

Na schön. Das war unvermeidlich. Sie konnte nicht ewig warten. Irgendein verwöhnter Fratz hat sie wahrscheinlich zum dritten Geburtstag oder so bekommen. Ich merke, wie der Heuschnupfen mich mal wieder packt, aber es gelingt mir, ihn mit meinem Ärmel und viel Nasehochziehen in Schach zu halten. Minty wirft mir einen mitfühlenden Blick zu und pieselt neben die Regenrinne des Emporiums.

»Braves Mädchen, Minty«, sage ich. »Sonst fällt dir wahrscheinlich auch nichts ein, oder?«

Minty bellt und ich lasse mich von ihr zum Park ziehen, wo sie hoffentlich ein paar kleine Kinder jagen und beißen wird, während ich die Erwachsenen ärgere, indem ich eine Schaukel besetze und mich in meinem Elend suhle.

:'(

22.15 Uhr: Allerheiligstes

Ich schlage mein Notizbuch auf und streiche Ziel Nummer 4 mehrfach mit dicken Strichen durch.

Bestimmt ist uns, getrennt zu sein
Nie mehr seh ich deine Perfektion
Zerrissen betrauer ich den Verlust
Wie ein Mann ohne Erektion.

Aus dem Album: *Trauriger Verlust* von Josh the Destroyer

Samstag, 23. Mai

18.35 Uhr: Küche

Den Großteil des Tages über habe ich den Verlust meiner wunderschönen, atemberaubenden Jackson betrauert, aber leider muss das Leben und die Lernerei weitergehen. Zumindest habe ich mir das sagen lassen. Elendes Leben.

Sonntag, 24. Mai

11.00 Uhr: Allerheiligstes

Ich wiederhole Trigonometrie und den Satz des Pythagoras. Draußen höre ich Autotüren zuschlagen, weil die Leute sich fertig machen, um für den Tag runter an den Strand zu fahren. Es müssen so an die 25 Grad sein. Die Sonne scheint in mein Zimmer und lässt ihre Strahlen wie eine sadistische Fee auf meinen Mathebüchern tanzen. Wer auch immer beschlossen hat, die Abschlussprüfungen in den Sommer zu legen, den sollte man splitternackt durch die Straßen zerren und dann an einen Pfahl binden, bis er ein Stück Trockenfleisch geworden ist.

Ich lerne, bis mein Verstand nichts mehr von Pythagoras aufnimmt. Dann mache ich bei den französischen Zeitformen weiter. Ich kann den Franzosen ja vieles verzeihen: dass sie Frösche essen, den Hundertjährigen Krieg oder Thierry

Henry. Aber ich finde es unentschuldbar, dass sie uns unschuldigen Briten ihre Sprache aufzwingen. Sie haben, um Himmels willen, fünf dämliche Zeiten! Wie französische Kinder das lernen, ist mir schleierhaft.

Montag, 25. Mai

Peter schreibt mir, er wünsche sich, hundertprozentig sicher zu wissen, ob er schwul sei.

Ich schreibe ihm zurück, dass im Leben nur wenige Dinge sicher seien: der Tod, Prüfungen und die permanente Ausdehnung des Universums. Ich finde das ziemlich tiefsinnig, und es sollte Peters Sexprobleme ein bisschen relativieren helfen.

Dienstag, 26. Mai

8.30 Uhr: Prüfungen!!!!!

Na gut, jetzt geht's los. Ich berühre kurz das Foto von Dad im Flur und bitte ihn, mir Glück zu bringen, bevor ich durch die Tür und in den Schlund der Hölle stürme.

8.55 Uhr: Flur, beim Warten auf Einlass für die Matheprüfung

Ollie hat mir erklärt, wenn man sich was auf die Haut schreibt, gelangt es in den Blutkreislauf und von dort bis ins Gehirn. Vermutlich ist das totaler Blödsinn, aber warum habe ich mir dann geschätzte sechshundert Gleichungen auf Arme, Beine und Bauch gekritzelt?

10.45 Uhr: Nach der Prüfung zurück auf dem Flur

Ja! Eine erledigt, noch sechs Millionen vor mir …

Ich denke, ich habe es ganz gut hingekriegt, aber am Ende war mir ein bisschen komisch zumute. Bisschen schwindelig. Vielleicht habe ich eine Blutvergiftung von dem ganzen Kugelschreiber.

Mittwoch, 27. Mai

13.15 Uhr: Eingangshalle, Physikprüfung

Hannah Harrigan ist gerade heulend aus dem Prüfungssaal gerannt. Verstößt es gegen das Gesetz, andere in Prüfungen abzulenken? Jedenfalls sollte es so sein. Wegen ihr musste ich mit Frage 3 noch mal ganz von vorn anfangen. Ich hätte gute Lust, sie bei ihrem Vater zu verpfeifen. Der ist Polizist.

Donnerstag, 28. Mai

Lernen.

Freitag, 29. Mai

15.30 Uhr: Nach der Englischprüfung auf dem Heimweg mit Peter, Davey und Ollie

»Über wen habt ihr euren Aufsatz geschrieben?«, fragt Davey.

»Kann mich nicht mehr erinnern«, sage ich.

»Ich über meinen kleinen Bruder«, sagt Peter. »Er ist so niedlich. Ich bin mir sicher, die Prüfer werden es lieben zu erfahren, wie er rumrennt. Mit offener Windel und raushängendem Pimmelchen.«

Wahnsinnig. Total wahnsinnig.

»Jetzt komm schon, Josh«, sagt Ollie. »Über wen hast du geschrieben?«

Ich lüge und sage, über den Postboten. Das ist lächerlich, weil ich unseren Postboten kaum kenne und er schon gar nicht in die Kategorie »Jemand, der Glück in mein Leben bringt« fällt. Aber ich kann ihnen doch nicht erzählen, dass ich über Ozzy geschrieben habe. Ich glaube, dass Frettchen noch nicht mal als Person zählen, zumindest nicht, wenn man ein engstirniger Englischkorrektor ist. Er oder sie könnte sogar Frettchenhasser sein. Jemand, der die britische

Fauna liebt und dem es ein Graus ist, dass immer wieder Frettchen abhauen und unsere heimischen Kleinsäuger-Populationen dezimieren. Na schön, dann bin ich in Englisch eben durchgefallen.

Samstag, 30. Mai

10.00 Uhr: Allerheiligstes

Lernen.

11.00 Uhr

Mache mal eine kurze Pause.

12.00 Uhr

Mache immer noch kurze Pause.

13.00 Uhr

Mache eine lange Pause.

13.10 Uhr

Arbeit. Ich habe die Waschmaschine angemacht, mein Hemd gebügelt, ein bisschen Staub gewischt, einige Socken zusammensortiert (mehr oder weniger), mir die Zehennägel geschnitten, das Klo geputzt, mich gewogen, Ozzy gewogen, meine Zehennägel gewogen.

Nachdem all das erledigt ist, kann ich mich jetzt in Ruhe hinsetzen und ordentlich lernen.

14.00 Uhr

Mein Gott, diese Lernerei ist so öde >:[

Sonntag, 31. Mai

14.00 Uhr: Küche

Frage meine Schwester, ob sie mich ein bisschen Französisch abfragt und wundersamerweise sagt sie Ja.

14.05 Uhr

Ich habe einen Riesenkrach mit meiner Schwester über die Bedeutung von *un* und *une*. Meine Schwester sagt, die müsse ich können, sonst würde ich mit Pauken und Trompeten durchfallen.

Ich sage: »Na, ich wette, du konntest das auch nicht.« Daraufhin sie: »Nein, und ich bin mit Pauken und Trompeten durchgefallen, oder etwa nicht? Du dämlicher Trottel.«

Montag, 1. Juni

15.15 Uhr: Mit Ollie auf dem Heimweg

Heute war Französisch und Erdkunde dran. Beides ging einigermaßen, aber Ollie macht sich wegen Geschichte Sorgen. Ihm fiel zur Russischen Revolution nichts ein, da hat er einen Aufsatz über Sandwiches geschrieben.

»Das sollte mir doch wenigstens ein ganz paar Punkte einbringen, meinst du nicht?«, sagt er.

»Definitiv«, lüge ich.

Dienstag, 2. Juni

15.00 Uhr: Allerheiligstes

Ich mache eine Pause vom Lernen und übe ein bisschen Gitarre. Dass die Jackson weg ist, bedeutet ja nicht, dass ich meinen Traum aufgeben muss, ein berühmter Metal-Gitarrist zu werden.

Jedenfalls kann ich jetzt die pentatonische Tonleiter auf allen fünf Positionen in unter zwanzig Sekunden spielen. Ich wette, da hätte sogar Kirk Hammett seine Mühe, mir das nachzumachen. Zumindest auf einer erbärmlichen Gitarre mit Nylonsaiten für Achtjährige.

Mittwoch, 3. Juni

8.50 Uhr: Draußen auf dem Flur vor der Prüfung in Englischer Literatur

Ollie kommt angerannt und sagt: »Kennst du das Buch *Wer die Nachtigall stört?*«

»Äh, ja«, sage ich. »Das haben wir doch die letzten sechs Monate besprochen und analysiert.«

»Stimmt«, sagt Ollie. »Also, was genau passiert darin?«

Ich versuche, die ganze Handlung von *Wer die Nachtigall stört* in fünf Minuten zusammenzufassen. Noch nie hatte ich ein dermaßen aufmerksames Publikum. Ungefähr zwanzig Leute hängen an meinen Lippen, während ich die verschiedenen Themen, Charaktere, die Sprache und den Stil erkläre. Falls das mit dem Metal-Gott nichts wird, muss ich vielleicht Englischlehrer werden. Was für ein Elend!

Donnerstag, 4. Juni – noch ein Monat bis zu meinem Geburtstag!

In dreißig Tagen bin ich sechzehn. Mein Gott, ich werde alt!

Hoffentlich kriege ich keine Teenagerkrise, so wie Davey.

Freitag, 5. Juni

Nachricht von Peter@PeterTheTweeter: **Warum nicht eine Pause vom Lernen machen und mir auf Twitter folgen!**

Nachricht von mir: **Da lerne ich lieber.**

Samstag, 6. Juni

Nächste Woche habe ich jeden Tag Prüfung, also gibt es jetzt nichts außer Lernen. Man sieht sich auf der anderen Seite …

Sechs Tage danach, Freitag, 12. Juni

15.20 Uhr: Auf dem Heimweg von der Schule

Geschafft! Habe diese Woche acht Prüfungen absolviert, ohne

1. Schreiend auf den Flur zu laufen
2. Meine Stifte durch den Raum zu werfen und rauszustürmen
3. Wegen Flüstern rausgeworfen zu werden
4. Wegen Abschreiben der Lösungen von meinem Handy rausgeworfen zu werden
5. Wegen Spickzetteln in meiner Unterwäsche rausgeworfen zu werden.

All diese Dinge sind Mitschülern von mir passiert.

Samstag, 13. Juni

14.00 Uhr: Park. Nur noch zwei Prüfungen!

Ich treffe Davey im Park, damit wir uns mal kurz von den Prüfungen ablenken können.

»Wie läuft's bei der Therapie?«, frage ich.

»Ganz okay«, sagt Davey. »Meine Therapeutin sagt, mein Selbstvertrauen würde ständig wachsen. Ich kann jetzt schon mit unbelebten Dingen, zum Beispiel Türen, zusammenstoßen, ohne mich zu entschuldigen.«

»Na, das ist doch toll, Davey!«, sage ich.

»Mir ist auch klar geworden, dass Dünnsein nicht die Lösung ist«, sagt Davey.

Fast hätte ich ihn gefragt, die Lösung wofür. Für was ist es nicht die Lösung? Aber wahrscheinlich ist es das Beste, wenn wir uns nicht in etwas zu Tiefsinniges und/oder Deprimierendes verstricken. Deshalb frage ich ihn nur, ob seine Therapeutin ein heißer Typ ist.

»Nicht wirklich«, sagt Davey. »Sie ist ungefähr sechzig, und aus dem Kinn wachsen ihr stoppelige graue Haare.«

»Also nicht gerade der Stoff für Fantasien«, sage ich lachend.

»Lustig, dass du das gerade erwähnst –«, setzt Davey an.

»Lernen, Davey!«, rufe ich und springe schnell auf. »Das können wir jetzt nicht länger aufschieben!«

Sonntag, 14. Juni

16.00 Uhr: Allerheiligstes

Peter schreibt mir in einer Nachricht, dass ich mir nicht die Mühe machen soll, die Grundzüge der Landwirtschaftspolitik zu wiederholen, weil das sowieso nicht drankommt.

Danke, Peter, hättest du mir das vielleicht sagen können, bevor ich die letzten drei Stunden damit verbracht habe, Förderquoten und Subventionen in mein armes, überarbeitetes und unterernährtes Hirn zu bimsen.

Dienstag, 16. Juni

9.45 Uhr: Flur, nach der Prüfung in Erdkunde

Jawoll! Eine Frage zu den Grundzügen der Landwirtschaftspolitik! Da hast du's, Peter!

Inzwischen bin ich schon richtig drin im Prüfungsmodus. Fast schade, dass nur noch eine übrig ist.

Donnerstag, 18. Juni

15.00 Uhr: letzte Prüfung – Religion!!!

Gerade habe ich einen ziemlich eindrucksvollen Aufsatz über die moralische Problematik von Tierversuchen geschrieben. Ich habe mich auf den Standpunkt gestellt, dass alle Tierversuche verboten werden sollten, vor allem die an Frettchen. Stattdessen sollte man lieber alles Mögliche an Proleten testen, die alte Damen überfallen. Ich hoffe, das ist nicht zu extrem. Falls der Prüfer selbst ein Prolet ist, der schon mal eine alte Lady vertrimmt hat, kann ich mich eingraben.

Aber jedenfalls ist der Albtraum vorbei! Gott sei Dank!

Oder zumindest die Prüfungen sind vorbei.

Das Leben an sich geht natürlich weiter.

Freitag, 19. Juni

19.30 Uhr: Bei Ollie zu Hause

Heute gibt es eine Übernachtungsparty bei Ollie, um den Abschluss unserer Prüfungen zu feiern. Seine Eltern mussten zu einer Beerdigung oben im Norden und kommen erst morgen zurück. Normalerweise erlaubt Mrs Hargreaves Ollie immer nur zwei Jungs auf einmal einzuladen (was ja schon einer mehr ist als bei meiner Mum!), aber heute Abend sind wir zu viert – Ollie, Davey, Peter und ich.

Ich komme erst später, weil Mum mich gezwungen hat, noch einen Stapel Zeitschriften bei Mrs Stokes abzugeben. Das hätte mich eigentlich nur zehn Sekunden kosten sollen, aber Mrs Stokes bestand darauf, dass ich hereinkam. Damit sie mich über die Schule ausfragen und sehen konnte, wie groß ich geworden war. Warum interessieren sich alte Leute bloß so für die Schule? Ich kann's mir nur so erklären, dass sie vergessen haben, wie schrecklich sie war.

Jedenfalls sind Davey und Peter schon da (bei Ollie, nicht bei Mrs Stokes) und haben praktisch die ganzen Chips mit dem Räucherspeckgeschmack schon vernichtet. Das ist ärgerlich, weil das meine Lieblingssorte ist. Wir stalken ein bisschen auf Facebook herum und beschließen dann, uns die drei Filme von *Herr der Ringe* an einem Stück reinzuziehen. Das ist eine ziemliche Herausforderung, aber Ollie hat tonnenweise Pizza besorgt, also fühlen wir uns dazu imstande. Wir machen es uns mit unserem Essen bequem und sind bereit, uns in die Täler von Mittelerde entführen zu lassen.

»Ähm«, sagt Peter, nachdem Bilbo auf dramatische Weise von den Feierlichkeiten verschwunden ist und Gandalf sich den Kopf an Bilbos Deckenlampe angestoßen hat (ziemlich uncool für einen Zauberer). »Hat jemand Lust, was bisschen weniger Hobbitmäßiges zu sehen?«

Na klar, ich meine, ich bin zwar ein großer *Herr der Ringe*-Fan, aber den Geschichten fehlt das gewisse Etwas – Titten, um genau zu sein. Was aber Peter kaum stören dürfte.

»Von mir aus gern«, sage ich. »Was hast du denn noch, Ollie?«

»Frag lieber, was ich nicht habe«, erklärt Ollie.

Er gibt uns einen Stapel von etwas, das aussieht wie Fotoalben, wie sich rausstellt, aber voll mit DVDs ist. Seine Eltern sind Mitglieder bei diesem Verein, wo man Filme bestellt, sie kopiert und dann wieder zurückschickt. Folglich hat Ollie mehr Filme als Netflix.

»Solange der Film Action hat, Gewalt und ordentlich geflucht wird, bin ich dabei«, sage ich, nachdem ich zehn Minuten lang die Alben durchgeblättert habe. »Ein bisschen weibliche Nacktheit wäre auch nicht verkehrt, aber ich kann ohne leben.«

»Kannst du?«, fragt Ollie.

»Vorläufig«, sage ich.

»Wie sieht's mit Drogenkonsum aus?«, sagt Ollie.

»Von mir aus«, sage ich.

»Mum lässt mich nichts sehen, wo Drogen drin vorkommen«, sagt Peter.

»Okay, also keine Drogen. Horror?«

»Lieber nicht«, sagt Peter. »Ich sehe nicht gern leidende Gesichter.«

»Was? Peter, du spinnst! Okay, was willst du denn dann sehen?«

»Wie wär's damit?«, sagt Peter und zeigt auf die DVD von *Oben*.

»Nein!«, sage ich ein bisschen zu schnell. »Ähm, ich …

Nein, meine Mum und meine Schwester haben sich den angesehen und fanden ihn nicht sehr gut.«

»Ich habe gehört, er soll klasse sein«, sagt Peter.

»Überschätzt, fanden sie«, sage ich.

»Na schön«, sagt Ollie und klappt das letzte Album zu. »Das war's. Über hundert Filme und wir können uns auf keinen einzigen einigen. Natürlich gibt es auch noch …« Ollie grinst verlegen. »Nein … lieber nicht.«

»Was denn?«, fragen wir.

»Äh, also, es gibt noch ein paar DVDs oben auf dem Schrank meiner Eltern. Ich glaube, von denen sollte ich eigentlich gar nichts wissen.«

»Echt?«, sage ich. »Was ist da denn?«

»Na ja, es ist so, dass sie wirklich ganz hinten liegen und ich nicht gut drankomme …«

»Ollie«, sage ich. »Ist dir nie eingefallen, auf einen Stuhl zu steigen?«

Ollie sieht verlegen aus, was bei ihm eine Seltenheit ist. »Die Sache ist die – ich fürchte, dass mein Dad dahinterkommt.«

»Das kann doch nur passieren, wenn du die DVD im Player drin lässt«, sage ich. »Und so dumm wird ja wohl niemand sein!«

Wir holen einen Drehstuhl aus dem Arbeitszimmer und schieben ihn ins Schlafzimmer von Ollies Eltern. Da ich der Größte von uns bin, werde ich auserkoren, Leib und Leben auf dem wackeligen Ding zu riskieren. Ich muss mich auch ganz schön strecken, aber dann kriege ich ein paar der verstaubten DVDs zu fassen. Es sind alles Kopien, daher gibt es keine Bilder auf den Hüllen, aber manche sind mit Filzstift beschriftet.

»*Yoga ab vierzig*«, lese ich vor. »Hmm, das klingt nicht so gut … *Malen in Öl – Befreie dein kreatives Selbst!*« Ich schaue nach unten. »Willst du uns verarschen, Ollie?«

»Greif weiter nach hinten«, drängt er.

»Okay, wartet mal. Was ist das? *Bekenntnisse einer Hausfrau und Mutter.* Ah, das klingt doch schon besser.«

Ich stelle mich auf Zehenspitzen und greife noch weiter nach hinten.

»*Angie kriegt's besorgt. Fidel in Schweden. Im Lesbischen Liebesnest!*«

Ich merke, wie Ollie wieder verlegen wird. »Was denn?«, frage ich.

»Es ist nur … Tja, es kommt mir irgendwie … nicht richtig vor …«

»Okay«, sage ich. »Lasst uns nur das hier anschauen. *Dicke Bertha.* Das klingt lustiger als alle anderen.«

Ich räume alles wieder zurück, wie ich es vorgefunden habe, und dann nehmen wir *Dicke Bertha* mit nach unten.

22.00 Uhr – Zwei verrückte Stunden später

Ollie steht auf und schaltet den Fernseher aus.

»Waaaahnsinn!«, sage ich.

»Unfassbar!«, sagt Ollie.

»Im Vergleich zu dieser Bertha ist Jordan ein Waisenknabe!«, sagt Davey.

»Alles okay mit dir, Peter?«, sage ich. »Du bist jetzt nicht irgendwie … traumatisiert oder so?«

»Nein, ich bin nur so froh!«, schreit Peter und springt vom Sofa.

»Was? Wieso das denn?«, fragen wir alle.

»Weil ich mir jetzt endlich zu 100 Prozent sicher bin, schwul zu sein!«

Samstag, 20. Juni

Ollie ist am Boden – sein Vater hat *Dicke Bertha* im DVD-Player entdeckt. Zum Glück weiß meine Mum nichts davon, und es scheint mir auch nicht sehr wahrscheinlich, dass Mr und Mrs Hargreaves es ihr erzählen. Meine Güte, ich werde Mr Hargreaves nie mehr mit denselben Augen ansehen wie früher. Er wirkte wie ein sehr netter, zurückhaltender Mann von der Sorte, die ihre Tomatensträucher düngt, ihr Auto poliert, so was in der Art. Kaum zu glauben, dass er ein rasender Sex-Maniac ist.

Sonntag, 21. Juni

11.00 Uhr

Am Freitag ist der Ball. Nicht dass ich hingehen würde, weil ich auch gar nichts zum Anziehen habe …

11.05 Uhr

Brillant! Mir ist gerade die beste Ausrede überhaupt eingefallen! Muss ich gleich meinen Freunden als Nachricht schreiben.

11.10 Uhr: Küche

Ollie hat geantwortet, dass ich unbedingt kommen muss, weil die alkoholischen Getränke gratis sind.

Davey hat mir zurückgeschrieben, dass ich unbedingt kommen muss, weil das Essen gratis ist.

Peter textet mir, ich müsse hingehen, weil er sein Coming-out haben wird!

Ich schätze, dann suche ich mir mal besser was zum Anziehen.

Montag, 22. Juni

17.00 Uhr: Allerheiligstes

Mum bringt mich dazu, für den Ball Dads alten Anzug anzuprobieren, aber das Sakko ist viel zu groß.

»Du bist nicht so breitschultrig wie dein …«, fängt sie an.

Ich unterbreche sie: »Ich weiß. Und das ist unfair. Warum konnte ich nicht Dads Muskeln erben?«

Mum holt tief Luft, sieht aus, als wolle sie noch was sagen, und stürmt dann auf den Flur.

»Äh, Mum«, rufe ich ihr nach. »Tut mir leid. Ich wollte dich nicht …«

Aber da ist sie schon in ihrem Zimmer und hat die Tür hinter sich zugeworfen.

Dienstag, 23. Juni

Nachricht von Peter@PeterTheTweeter: **Beeilung, mein nächster Follower bekommt gratis eine Tüte Smoky-Bacon-Chips!**

Nachricht von mir: **Oh, na dann.**

Mittwoch, 24. Juni

15.00Uhr: Im Haus von Mrs Stokes

Sehr widerstrebend und mit einem komischen Gefühl im Magen probiere ich den Anzug von Mrs Stokes Ehemann an. Mr Stokes ist seit fünfzehn Jahren tot und könnte durchaus in diesem Anzug gestorben sein. Jedenfalls riecht er so.

Zum Glück sind die Ärmel sowieso viel zu kurz. Mum reißt sie fast aus den Nähten, als sie versucht, sie weiter runterzuziehen, aber es bringt nichts.

»Verdammt!«, sagt sie und mustert meine Arme vorwurfvoll.

»Wie schade aber auch«, sagt Mrs Stokes. »Du siehst darin genau aus wie mein Albert. Gott hab ihn selig.«

Ich schüttele den Kopf, während ich aus der Jacke schlüpfe. »Wirklich schade. Der Anzug ist toll. Ich hätte ihn liebend gern getragen.«

Mum packt mich am Arm und zieht mich zur Tür. »Freu dich nicht zu früh«, knurrt sie.

Donnerstag, 25. Juni

10.00 Uhr: Beim Kostüm- und Anzüge-Verleih mit Mum und meiner Nan

»Wir suchen einen hübschen, preiswerten Anzug«, erklärt Mum der Verkäuferin, die laut ihres Namensschildchens Madge heißt.

»Ah«, sagt Madge, »welches der beiden Kriterien ist Ihnen wichtiger? Hübsch oder preiswert?«

»Preiswert«, sagt meine Mum.

In den nächsten zwanzig Minuten zwänge ich mich in diverse Anzüge, die mich jedoch alles aussehen lassen wie … doch, wie ein Volltrottel.

»Nun ja, dieser hier ist ein bisschen teurer«, sagt Madge. »Aber wissen Sie, bei Anzügen bekommt man eben das, was man bezahlt.«

»Also los«, stöhnt Mum. »Dann probier ihn eben mal an.«

Ich verschwinde ein weiteres Mal hinter dem Vorhang der Umkleidekabine, zwänge mich in den Anzug und komme, gegen das Licht blinzelnd, wieder raus.

»Na, das ist doch mal ein schöner Anzug«, sagt meine Oma. »Sieht fast wie Clark Gable aus.«

Wer zum Teufel ist Clark Gable?

»Oh ja«, stimmt Madge zu. »Oder wie … an wen erinnerst du mich darin doch gleich? – Jetzt weiß ich's! An Bruce Willis. Damals in der Serie *Das Model und der Schnüffler.*«

Bruce Willis?

Der hat doch eine Glatze, oder?

Und ist ungefähr fünfzig?

Aber wenigstens sieht er gut aus, schätze ich. Bestimmt ein Typ, auf den die Frauen fliegen.

»Den nehmen wir«, sage ich.

19.00 Uhr: Allerheiligstes

Ozzy schläft auf dem Anzug! Jeder Zentimeter des Stoffs ist von seinen dicken, weißen Haaren bedeckt.

Na toll. Ich werde also mehr Ähnlichkeit mit einem Riesenfrettchen als mit Bruce Willis haben.

Warum, Ozzy? Warum?

20.00 Uhr

Ich zupfe Haare von dem Anzug.

23.00 Uhr

Ich zupfe immer noch Haare vom Anzug. Vor mir liegen nur noch circa sechshundert Millionen Milliarden …

Freitag, 26. Juni

19.45 Uhr: Der Ball!

Dieses Getue um den Ball ist total übertrieben. Manche fahren mit Stretch-Limos vor. Das muss man sich mal geben.

Ich brauche wohl nicht zu erwähnen, dass ich zu Fuß gehen muss, aber wenigstens sind wir zu mehreren. Das verringert unser Risiko, ausgebuht oder angespuckt zu werden. Ich habe mich mit Ollie, Peter und Davey getroffen. Ollie hat eigentlich noch Hausarrest, aber seine Mum hat »ein kleines Vermögen« für seinen Anzug ausgegeben, deshalb darf er jetzt doch gehen. Peter zeigt mir ein Abzeichen, das er trägt: »100 % schwul und stolz«. Ich hebe meine Hand zum High five und klatsche ihn ab.

Als wir beim »Lofty Oaks Hotel« ankommen, muss ich zugeben, dass es ziemlich nobel aussieht.

»Vier Sterne«, sagt Davey und schaut auf das Schild hoch. »Nicht schlecht.«

Ich verrate Davey nicht, dass das einzige Hotel, in dem ich je übernachtet habe, nur zwei Sterne hatte, von denen einer aussah wie mit Filzstift dazugemalt.

Drinnen gibt es einen Bereich zum Tanzen, einige Tische mit Essen und eine kleine Bühne mit einer ziemlich windig wirkenden Band. Überall sind Mädchen in langen Ballkleidern. Sie sehen ganz anders aus als in Schuluniformen. Manche fast schon attraktiv.

»Lasst uns mal was zu essen besorgen, bevor alles weg ist«, sagt Ollie.

Das klingt nach einem Plan, also steuern wir auf die Tische zu.

»Oh, schaut mal, da sind die drei schwulen Musketiere«, sagt Lydia.

Großartig. Da stehen Lydia, Hannah und Becky: diejenige, denen ich am wenigsten gern begegnen wollte. »Eigentlich«, sage ich in einem Ton, der hoffentlich sarkastisch klingt, »sind wir vier. Da muss die Matheprüfung für dich ja ziemlich hart gewesen sein, was Lydia?«

»Hat da jemand was gesagt?«, meint sie und schaut demonstrativ alle an außer mir. »Nein, ich muss mich getäuscht haben.«

Ich beschließe, darauf nicht einzugehen. Das liegt einerseits vor allem daran, dass ich gerade etwas einigermaßen Witziges gesagt habe, aber andererseits auch daran, dass Davey mir zuvorkommt. »Weißt du, für deine dürre Figur nimmst du den Mund ganz schön voll«, sagt er.

Hey! Das sind ja mal ganz neue Töne von Davey. Seine Therapiestunden machen sich eindeutig bezahlt. Lydia wirkt jedenfalls ein bisschen perplex.

»Tja, ich mag ja ziemlich schlank sein«, sagt sie und grapscht nach dem letzten Stück Pizza. »Aber ich kann wenigstens noch zunehmen, während du immer hässlich sein wirst.«

Meine Güte, was für eine blöde Kuh. »Nein, wird er nicht«, schalte ich mich ein. »Er wird sich die Nase machen lassen, sobald er anfängt, eigenes Geld zu verdienen. Da sagst du nichts mehr, was?«

»Pscht!«, zischt Davey. »Warum teilst du das nicht gleich der ganzen verdammten Schule mit?«

Ich muss zugeben, dass es gerade ein wenig still um uns

herum geworden ist. Eine ganze Menge Leute schauen Davey an. Vor allem aber seine Nase.

»Hör mal«, erkläre ich ihm. »Für eine kosmetische Operation braucht man sich nicht zu schämen. Das macht doch heutzutage jeder. Leute lassen sich sogar ihre Pimmel machen.«

»Echt jetzt?«, fragt Peter.

»Ja«, versichere ich ihm. »Sie lassen sie sich verlängern.«

»Na ja, ich hatte auch nicht gedacht, dass sich jemand seinen kürzer machen lässt!«, sagt Peter und schnaubt fröhlich.

Ich schnappe mir ein paar Sandwiches und das letzte Schottische Ei und gieße mir ein Glas Cola ein. – Damit diese Veranstaltung wenigstens irgendwas Positives hat.

»Ähm, was kostet so was denn wohl?«, fragt Peter und drängt sich so nah an mich, dass ich die Coke über meine Sandwiches verschütte und das Ei runterfällt.

»Keine Ahnung«, sage ich zu ihm. Mein Gott, Peter kann manchmal echt nerven. »Wo zum Teufel ist jetzt dieses Ei hingefallen?«

»Hast du überlegt, das machen zu lassen?«

»Nein!«, versichere ich ihm. »Wie kommst du denn darauf?«

»Na, du scheinst einfach eine Menge darüber zu wissen.«

»Hör mal, ich bin kein Experte für Pimmelverlängerungen! Meiner misst total normale 14,6 Zentimeter. Aber vielen Dank auch!«

Plötzlich ist es wieder ziemlich still im Saal. Ein paar Leute kichern in ihre Pastetchen. Lydia wirft mir einen angewiderten Blick zu. Oh Gott, 14,6 Zentimeter. Das ist wahrscheinlich echt klein!

»Nicht ausgefahren, versteht sich«, sage ich. »Ausgefahren ist er … ach, ich weiß nicht, so knapp einen Meter …«

Okay, jetzt ist es hoffnungslos. Ich habe mich als absoluter Vollidiot mit einem grotesk großen Penis geoutet. Hervorragend. Da kann ich eigentlich genauso gut gleich nach Hause gehen und mich mit einer abgebrochenen Flasche peitschen.

Obwohl … Also, ich meine, dass Becky Calbag mir zulächelt. Ist das ein Lächeln? Sieht fast so aus.

Nee. Wahrscheinlich ist es bloß ein verrutschtes spöttisches Grinsen.

Samstag, 27. Juni

9.00 Uhr: Allerheiligstes

Also, ich habe niemand angebaggert, mich nicht betrunken, mein Schottisches Ei ist nie wieder aufgetaucht, alle denken, ich hätte einen deformierten Penis und Davey spricht nicht mehr mit mir. Aber abgesehen von alledem ist diese Ballsache ganz gut gelaufen.

Noch eine Woche bis zu meinem Geburtstag!

Montag, 29. Juni

11.00 Uhr: Allerheiligstes

Davey spricht inzwischen wieder mit mir, aber nur, weil er mit seinem neuen Xbox Gitarren-Spiel angeben will. Ein Glück für ihn, dass ich so ein guter Freund bin, denn ich habe eingewilligt, vorbeizukommen und mich schrecklich zu blamieren.

Außerdem langweile ich mich aber auch fast zu Tode.

Außerdem will ich sichergehen, dass er ein Geschenk für meinen Geburtstag besorgt. – Nur noch fünf Tage :)

Mittwoch, 1. Juli

Nur noch drei Tage!

Donnerstag, 2. Juli

Zwei :)

Freitag, 3. Juli

10.00 Uhr

Morgen ist mein Geburtstag. Ich werde sechzehn. Ich lange unter mein Bett, um das in Leder gebundene Notizbuch hervorzuholen.

Habe ich auch nur ein einziges der Ziele erreicht, die ich mir gesteckt hatte, bevor ich sechzehn werde?

Nein.

Samstag, 4. Juli – mein sechzehnter Geburtstag!

9.30 Uhr: Küche

Es war kein verrutschtes spöttisches Grinsen, es war ein Lächeln! Das weiß ich, weil Becky mir eine Geburtstagskarte geschickt hat. Vorne ist ein Frettchen drauf, das wie Ozzy aussieht. Innen hat sie mit »Love, Becky X« unterschrieben. Nicht »Alles Gute« oder »Von«, sondern »Love«! Und auch noch ein Kuss-X! Apropos Küsse: Tante Sarah hat mir drei Kreuzchen geschickt. Mrs Stokes vier. Peter sechs (beinah ein bisschen besorgniserregend) und Mum eine ganze Zeile voll. Außerdem hat sie geschrieben: »für meinen wundervollen Jungen«. Schade, dass sie im richtigen Leben nicht so nett ist wie in ihren Karten.

Aber egal, jedenfalls habe ich jetzt eine Karte von einem

Mädchen. – Einem Mädchen, das Frettchen mag. Es stimmt zwar, dass ich Becky bis gestern noch nicht mochte, aber das lag daran, dass sie immer mit Lydia rumhing. Dabei darf man einen Menschen nicht nur nach seinen Freunden beurteilen! Ich dachte ja auch, sie würde mich aus tiefster Seele hassen, aber vielleicht hat Mum recht und ich bin ein bisschen paranoid. Von jetzt an werde ich versuche, alles viel positiver zu sehen.

Ich öffne meine übrigen Karten. Oma hat mir eine mit einem blinkenden Abzeichen vorne drauf geschickt, auf dem steht: »Hurra! Du bist 12!« Da hat ihr Gedächtnis wohl mal wieder nicht mitgespielt. Aber sie hat immerhin nicht vergessen, mir zwanzig Mäuse reinzulegen, und das ist wiederum ziemlich episch.

Davey hat mir meine Karte mit einer Collage aus Superhelden des Metal gebastelt. Zwar sind ein paar Typen dabei, die nicht Metal sind, wie John Bon Jovi und Freddie Mercury, aber solche Fehler unterlaufen Nicht-Eingeweihten öfter.

Ollie hat auf seine Karte eine großartige und ausgesprochen pornomäßige Dicke Bertha gezeichnet. Das ist sehr witzig, aber wahrscheinlich nicht geeignet zum Aufstellen auf dem Kaminsims.

»Bitte schön, Bro«, sagt meine Schwester lächelnd. »Gib dir die Kante. Das sind dreißig Flocken. Ich spare dafür seit einer Ewigkeit meine Trinkgelder, also verplempere es nicht für irgendwelches Metal-Zeug.«

Ich merke, dass der Heuschnupfen mich wieder übel plagt und muss mir schnell mit dem Ärmel über die Augen wischen. »Danke, Sis«, sage ich.

»Prima«, sagt Mum, »da hast du ja bei deinem Einkaufsbummel eine Menge auszugeben.«

Äh, ja. Normalerweise hasse ich Einkaufen, aber nur weil Schuhe und Strickjacken und gelegentlich ein »geschmackvolles« T-Shirt die einzigen Sachen sind, die ich kriege. Man möchte vielleicht meinen, es gäbe gar keine uncoolen T-Shirts, aber glaubt mir, Mum schafft es, welche zu finden und kauft sie dann gleich in rauen Mengen. Heute werde ich mich aber damit abfinden, denn jetzt habe ich fünfzig Mäuse. Selbst wenn ein bisschen was davon für eine E-Gitarre gespart werden muss, werde ich mich auch ein bisschen verwöhnen und einen Teil für ein paar richtig coole CDs ausgeben!

»Auf dem Rückweg aus der Stadt besuchen wir Ned«, erklärt Mum.

»Ned?«, frage ich.

»Mr Pitman«, sagt Mum.«

»Was?«, stöhne ich. »Aber heute ist mein Geburtstag. Du hast doch gesagt, du würdest dir den Tag freinehmen.«

»Das ist ja keine Arbeit, Josh. Ned möchte dich gern sehen.«

»Warum?«, frage ich.

»Na ja, er möchte dir alles Gute zum Geburtstag wünschen«, sagt sie. »Du weißt doch, dass er dir da immer gern eine Kleinigkeit schenkt.«

Genau. Eine Kleinigkeit trifft es genau. Letztes Jahr war es eine Packung Spielkarten mit Hunderassen auf der Rückseite. Dabei weiß doch jeder, dass ich auf Frettchen stehe. Vorletztes Jahr gab es einen Stressball, den er selbst von der *Times* geschenkt bekommen hatte. Allerdings muss ich fairerweise zugeben, dass der ganz nützlich war.

15.00 Uhr: In der Stadt, im Café Debenham

Endlich ist Mum einverstanden, dass wir zum Mittagessen irgendwo hingehen.

»Nimm, was immer du möchtest«, sagt sie. »Mach dir wegen dem Preis keine Sorgen.«

Das ist nicht ganz so großzügig, wie es klingt, weil auf der Speisekarte des Debenham nicht gerade die Kreationen eines Sternekochs stehen, aber es ist nett, zur Abwechslung mal was anderes als eine Wurst in einem Brötchen zu bestellen. Ich wünsche mir Scampi und Pommes mit gekochten Erbsen und zum Nachtisch Mississippi Mud Pie. Mum sieht ein paar Sekunden lang irritiert aus, aber es gelingt ihr, die Verschwendungs-Phobie niederzukämpfen und zustimmend zu nicken.

Nachdem wir bestellt haben, spiele ich mit dem Gedanken, meine eben gekauften CDs rauszuholen, aber auf einem der Cover sind jede Menge Blut und zerstückelte Körper zu sehen, die vielleicht andere Lokalbesucher schockieren könnten. Also müssen sie in der Tasche bleiben, bis wir zu Hause sind. Ich kann's kaum erwarten, sie Ollie und den anderen zu zeigen.

»Können jetzt Ollie, Davey und Peter heute Abend vorbeikommen?«, frage ich mit dem Mund voller Erbsen.

»Na ja, wir wollen ja noch Ned besuchen, schon vergessen?«, sagt Mum.

»Ja, aber da bleiben wir doch nicht den ganzen Abend lang, oder?«

Mum rührt in ihrem Tee. »Du siehst deine Freunde doch fast täglich«, erklärt sie mir. »Du kannst sie morgen zu dir einladen.«

Ich würde gern widersprechen und darauf hinweisen, dass heute mein Geburtstag ist, aber wahrscheinlich ist es den Ärger nicht wert. Vor allem weil Mum ziemlich nett zu mir war und ich mich ja bemühen will, positiver zu sein und so. Außerdem will ich nicht, dass meine Scampi kalt werden.

18.00 Uhr: Bei Ned (besser bekannt als Mr Pitman)

Neds Haus ist so aufgeheizt wie ein Backofen, deshalb schlage ich vor, schnell mit Minty eine Runde um den Block zu machen, aber Mum sagt, dafür wäre noch reichlich Zeit und ich solle mich aufs Sofa setzen. Sie lächelt mich irgendwie komisch an, bevor sie sich selbst setzt.

»Also, alles Gute zum Geburtstag, mein Sohn«, sagt Ned.

»Danke«, sage ich.

»Hier bitte. Eine Kleinigkeit von mir.«

Ned gibt mir etwas, das sich als ein Päckchen Gitarren-Plektren erweist. Wow, das ist ja mal ein echt nützliches Geschenk. Es sind sechs verschiedene, in unterschiedlichen

Stärken und Farben. Wäre ich ein Mädchen, würden sie mir bestimmt richtig gut gefallen. Tatsächlich gefallen sie mir auch richtig gut. Ich sortiere sie nach ihrer Stärke. Das dünnste ist wie ein Stück Papier (0,3 mm hellblau), das dickste (1,3 mm orangefarben) ist ein richtiges Hardcore-Plektrum. Mit dem Ding könnte man jemand die Augen ausstechen.

»Danke«, sage ich. »Die sind echt gut.«

»Natürlich bringen sie dir nicht viel mit dieser Kindergitarre mit Nylonsaiten, die du hast, oder?«, sagt Ned.

»Äh?«, sage ich.

Mit einer unglaublichen Kraftanstrengung stemmt er sich von seinem Stuhl hoch, humpelt in die Ecke des Zimmers und holt von dort etwas, das in altes Weihnachtspapier gewickelt ist. Es ist groß und hat fast ... fast die Form einer Gitarre!

Eine Sekunde lang erlebe ich das, was Mum Hitzewallung nennen würde. Mein Herz beginnt zu hämmern und mein Atem geht flach und stoßweise. Das kann doch nicht die Jackson sein, oder? Oder? Aufgeregt reiße ich das Papier herunter ...

Sie ist es nicht.

Ich hätte wissen sollen, dass die wundersame Jackson nie mir gehören würde. Aber es ist eine Gitarre. Und auch wenn sie nicht v-förmig ist, besitzt sie eine interessante Form – ein bisschen wie ein Dolch. Sie ist grün und die Marke heißt ProStarUltraSmooth, was nach einer Nobelmarke für Kondome klingt, aber egal! Es ist eine E-Gitarre und sie gehört mir!

»Danke!«, sage ich. »Wow, das ist fantastisch!«

»Deine Mum hat mir erzählt, dass du auf eine sparst«, sagt Ned. »Ich hoffe, es macht dir nichts aus, dass sie gebraucht ist.«

»Überhaupt nicht«, sage ich. »Sie ist episch.«

»Wie auch immer, wenn du mit ihr gut zurechtkommst«, sagt Ned, »dann gehe ich an meine Ersparnisse und besorge dir diese Jackson, von der deine Mum sagt, dass du sie dir wünschst. So eine wie die in Steve's Emporium, oder?«

»Wie? Oh nein, das müssen Sie nicht«, sage ich erstaunt. »Jemand anders hat die jetzt gekauft und sie war sowieso echt teuer. Ich meine echt ...«

»Das ist das Wenigste, was ich tun kann«, sagt Ned. »Für mein eigen Fleisch und Blut ...«

»Ähm, wie bitte ...?«, sage ich. Ich sehe Mum an, die sich auf dem Sofa vorbeugt, die Hände verkrampft und aussieht, als würde sie sich gleich übergeben.

»Tut mir leid, Josh«, sagt sie und legt eine Hand auf mein Knie. »Ich hätte dir das schon vor langer Zeit sagen sollen.«

»Mir was sagen?«, sage ich und rücke von ihr weg.

»Ähm ...«

»Mum?«

Meine Mum räuspert sich. »Ned ist dein, ähm ...«

Ich schnappe mir die Gitarre und renne zur Tür.

18.50 Uhr: Auf irgendwelchen Straßen

Ich laufe eine Weile durch die Straßen und schaue in die Fenster fremder Leute und auf deren flackernde Fernsehbildschirme. Aber dann fängt es an zu regnen, und ich bin gezwungen, in einem Supermarkt Schutz zu suchen. Ich sehe ein bisschen bescheuert aus, wie ich mit einer grünen, dolchförmigen Gitarre unterm Arm zwischen den Kühltruhen herumwandere, aber ist es wirklich eine Neuigkeit, dass ich bescheuert bin? Ich stelle fest, dass Tiefkühlerbsen im Angebot sind und dass eine Doppelpackung Pizza Pepperoni-Salami zweiundfünfzig Pence günstiger ist als der Kauf von zwei Einzelpackungen. Allerdings mag ich solche Salami nicht besonders; jemand hat mir mal erzählt, die würde aus Eselfleisch gemacht. Die Dame an der Kasse sieht ein bisschen angepisst aus. Da merke ich, dass sie eigentlich zumachen will. Also muss ich wohl oder übel wieder raus in den Regen.

Ich bin mir nicht sicher, was ich als Nächstes machen soll. Ich überlege, zu Davey zu gehen, aber der kommt mir seit seiner Therapie so viel glücklicher vor, und da will ich ihn nicht runterziehen. Ollie ist zwar ein guter Kumpel, aber er bringt so viel Verständnis auf wie eine Fleischpastete. Und Peter? Tja, Peter ist wieder *zu* verständnisvoll. Sein übertriebenes Mitgefühl kann ich auch nicht brauchen.

Was ich jetzt wirklich gern tun würde, das wäre, nach Finnland fahren und mich einer Metalband anschließen. Aber ich habe kein Geld, keinen Pass und auch keine Ahnung, in welches Flugzeug ich steigen müsste.

Ich bin sechzehn Jahre alt und habe keine Ahnung, wer ich bin.

Ich dachte, ich wüsste, woher ich komm
Der Weg flammenhell vor mir
Doch jetzt fällt Regen in mir drin
Und alles ist Dunkelheit hier.

Aus dem Album: *Regen in mir drin* von Josh Walker

Sonntag, 5. Juli

18.00 Uhr: Allerheiligstes

Es ist der Tag nach meinem Geburtstag und der schlimmste meines Lebens. Ich liege auf meinem Bett, starre an die Decke und gebe mir echt Mühe, mir einen Reim auf das alles zu machen. Es wäre ja nicht so schlimm, wenn ich das Ergebnis einer verrückten, leidenschaftlichen Affäre mit einem internationalen Rockstar wäre, aber nein, ich bin das unerwünschte Resultat eines Seitensprungs mit einem ältlichen Klempner.

Meine Mum ist seither sehr still. Ich glaube, sie will mir für eine Weile aus dem Weg gehen, was mir recht ist.

Da klopft es an der Tür und meine Schwester kommt rein. Sie zu sehen, fügt meiner Verletzung auch nur eine Kränkung hinzu, denn sie ist ganz offensichtlich kein Sprössling von Ned. Plötzlich löst sich das Rätsel, warum sie so viel besser aussieht als ich – sie hat einen anderen Dad! Einen cooleren, dunkleren, attraktiveren Dad, dessen Foto immer noch unten im Flur auf dem Schränkchen steht. Dort wird es wohl auf ewig bleiben, falls ich Ozzy nicht irgendwie dazu bringe, es runterzuschmeißen. Sie setzt sich aufs Bett und legt mir eine Hand auf die Schulter.

»Alles okay mit dir?«, sagt sie.

Na klar, alles bestens.

»Alles okay«, sage ich.

»Versuch, nicht zu hart mit Mum zu sein.«

Ha! Das sagt sich für sie so leicht. Mum war seit dem Tag meiner Geburt hart zu mir!

»Hmpf«, mache ich.

»Falls es dich tröstet«, sagt sie. »mir hat Mum es auch erst am Tag vor deinem Geburtstag gesagt. Ich glaube, sogar Mr Pitman weiß es erst seit ganz Kurzem.«

Ach, und deshalb ist es okay?!

»Na ja, falls du zum Tee runterkommen möchtest. Ich habe ein paar Bohnen auf Toast gemacht.«

Meine Schwester sagt das mit so einem Glitzern in den Augen, als müsste ich jetzt aufspringen und schreien: Wow, Bohnen auf Toast! Danke, Schwesterherz! Warum mache ich mir Gedanken darüber, sechzehn Jahre lang mit einer Lüge gelebt zu haben, wenn ich doch runterkommen und Bohnen auf Toast essen kann?

»Episch«, sage ich in Wirklichkeit.

Sie lächelt und dreht sich zur offenen Tür.

»Aber er ist so alt«, stoße ich hervor.

»Mr Pitman? Er ist gar nicht so alt. Sechsundfünfzig hat Mum, glaube ich, gesagt.«

»Er sieht aus wie ungefähr siebzig.«

»Nun ja, das ist die Arthritis …«

»Außerdem …«, sage ich, »außerdem … warum musste Mum bis jetzt warten, um es mir zu sagen? Warum hat sie's nicht getan, als ich zum Beispiel sechs oder sieben oder zehn war? Warum hat sie mir einen perfekten, anständigen Geburtstag verdorben?!«

»Vielleicht dachte sie, du würdest es eher verstehen, wenn du älter bist.«

»Falsch!«, sage ich.

»Die Sache ist die, Josh«, sagt meine Schwester. »Es mag jetzt vielleicht noch nicht danach aussehen, aber eigentlich hast du Glück. Du hast einen Dad, mit dem du Zeit verbringen und den du besser kennenlernen kannst. Dazu werde ich nie in der Lage sein. Wenn du es so siehst, dann ist es wahrscheinlich das beste Geburtstagsgeschenk, das Mum dir machen konnte.«

Ich mache mir nicht die Mühe, darauf zu antworten.

»Er war früher in einer Glam Rock-Band, weißt du«, redet sie weiter. ›Perfect Pitman‹ wurde er genannt. Die Gitarre, die er dir geschenkt hat, das war seine.«

Sie macht leise die Tür hinter sich zu und ich höre ihre Schritte auf der Treppe.

Glam Rock! Typisch!

Ich greife mir die Glam Rock-Gitarre und betrachte sie genauer. Sie ist in keinem schlechten Zustand. Am Korpus sind zwar ein paar Macken, aber das gibt ihr ein irgendwie so gebrauchtes, missbrauchtes Aussehen. Und das ist gut. Außerdem ist sie unten ausgeschnitten. Dadurch kommt man leichter an die höheren Bünde ran. Apropos: Ich zähle nach und stelle fest, es sind 22 …

20.00 Uhr

Ich habe zwei Stunden gebraucht, aber in denen *One* von Metallica mehr oder weniger gemeistert. Ozzy scheint es zu gefallen. Er tanzte dazu in seinem Käfig herum und gab jede Menge »Duuk-duuk«-Laute von sich. Natürlich wird es noch viel epischer klingen, wenn ich irgendwann einen Verstärker habe und damit das Dach von diesem verdammten Schuppen wegpusten kann.

Aber jedenfalls denke ich mir, wenn ich das spielen kann, dann gelingt es mir vielleicht wirklich, eines Tages Metal-Gitarrist zu werden. Was auch immer geschieht, das bleibt mir noch.

20.10 Uhr: Hinter dem verbotenen Portal

Am Fuß der Treppe muss ich zweimal hinsehen. Jetzt stehen nämlich zwei Bilder auf dem Schränkchen: Mein Dad, oder eigentlich, der Dad meiner Schwester, und Ned. Ned sieht aus wie um die dreißig. Er hat langes, lockiges Haar, trägt fetten schwarzen Kajal und eine Hose, die an seinen Beinen zu kleben scheint!

Mum kommt dazu und schaut ebenfalls auf das Bild. »Kann ich kurz mit dir reden?«, fragt sie.

Ich zucke mit den Schultern und folge ihr ins Wohnzimmer, wo wir uns einander gegenüber jeder in einen Sessel setzen. »Ich schulde dir eine Erklärung«, sagt sie.

»Stimmt«, sage ich.

Mum erzählt, wie Ned vor sechzehn Jahren und neun Monaten rüberkam, um die Waschmaschine zu reparieren – im Ernst! Irgendwie fing er an zu reden und erzählte ihr, seine Frau würde ihn betrügen und nicht mehr lieben. Wie man von einem verstopften Abflussschlauch auf Eheprobleme kommt, weiß ich zwar auch nicht, aber die beiden haben das irgendwie geschafft. Na ja, Mum war mitfühlend und selbst einsam, also lud sie Ned ein, zum Abendessen zu bleiben. Ned freute sich darüber so, dass er loszog und noch eine teure Flasche Wein besorgte. Dann führte eins zum anderen …

»Oh mein Gott«, sage ich. »Du warst betrunken! Deshalb wolltest du mich nichts trinken lassen!«

Mum schaut auf ihren Schoß und nickt.

»Und damit nicht genug«, sage ich, »damit nicht genug, du hattest Sex mit einem verheirateten Mann, wurdest schwanger und hast allen verschwiegen, wer der wahre Vater war!«

»Ich habe es Nan gesagt«, erklärt sie. »Und ich hätte es auch Maddies Vater gesagt …«

»Wenn er nicht weggegangen und gestorben wäre!«, platze ich heraus.

Mum tupft sich die Augen. »Es war nur dieses eine Mal. Nur ein dummer Fehler. Als mir klar wurde, dass ich schwanger war, hatte Ned sich wieder mit seiner Frau vertragen und die beiden wirkten so glücklich zusammen …

Na ja, jedenfalls beschloss ich, es geheimzuhalten. Ich glaube, ein paar Leute schöpften Verdacht, aber keiner konnte irgendwas beweisen. Nicht mal Shirley Heppinstall, obwohl sie sich redlich Mühe gab.«

»Clints Mutter?«, sage ich.

Mum putzt sich die Nase. »Ja.«

»Hmm«, sage ich und erinnere mich daran, was Clint in dem Pub darüber gesagt hat, dass die Frauen in meiner Familie gar nicht so harmlos wären. »Also«, fahre ich fort, »dann schätze ich, du hast beschlossen, Mr Pitman, ich meine … Ned, reinen Wein einzuschenken, nachdem seine Frau mit diesem Typen vom Tesco-Lieferservice durchgebrannt war.«

Mum nickt. »Ich habe bemerkt, wie gut ihr miteinander klarkamt, und dachte, dass ihr beide verdient, es zu wissen. Ned war begeistert – er hatte sich immer Kinder gewünscht –, aber ich weiß, dass es für dich … härter gewesen ist.«

Ich sage nichts.

»Auf alle Fälle«, sagt Mum und greift unter ihren Sessel, »dachte ich mir, vielleicht möchtest du dir das hier ansehen.«

Mum zieht das ledergebundene Notizbuch heraus, das ich vor ein paar Monaten in ihrer Kommode entdeckt hatte. Jetzt kenne ich ihr Geheimnis!

Sie schlägt es ziemlich in der Mitte auf. Bei den Fotos der Bands aus den Achtzigern, die ich mir auch schon angeschaut hatte.

»Er war ein ausgezeichneter Gitarrist«, sagt sie und reicht mir das Buch. »Deine Musikbegabung musst du von ihm haben.«

Mum schweigt, während ich die Bilder von Ned und seiner Band betrachte. Als ich ihr das Notizbuch zurückgebe, sagt sie: »Es tut mir so leid, Josh. Kannst du mir verzeihen?«

Ich weiß es nicht.

Montag, 6. Juli

7.30 Uhr: Allerheiligstes

Wieder eine schlaflose Nacht und immer noch liege ich auf meinem Bett und starre die Decke an. In letzter Zeit kommt das ziemlich oft vor.

Ich bin enttäuscht, weil ich Ned nicht kannte, während ich aufwuchs und bevor seine Arthritis so schlimm wurde. Wir hätten zusammen auf Gigs gehen können. Er hätte mir schon in jungen Jahren AC/DC-Solos beibringen können. Wir hätten sogar so komische Sachen wie Fußballspielen im

Park zusammen machen können. All das macht mich traurig und wütend, aber …

Ich verstehe, dass Mum sich Sorgen gemacht hat.

Ich verstehe, dass wir alle Fehler machen (zugegeben, ihrer war schon ein ziemlich großer).

Aber vor allem verstehe ich, dass es ihr echt, echt leidtut und sie richtig, richtig traurig ist. Diese beiden Dinge sind ziemlich untypisch für meine Mum. Vor allem das mit dem Leidtun.

Ich muss auch an etwas denken, das meine Schwester gesagt hat …

»Falls du zum Tee runterkommen möchtest. Ich habe ein paar Bohnen auf Toast gemacht.«

Nein, nicht das.

»Du hast einen Dad, mit dem du Zeit verbringen und den du besser kennenlernen kannst. Wenn du es so siehst, dann ist das wahrscheinlich das beste Geburtstagsgeschenk, das Mum dir machen konnte.«

Und ich schätze, sie hat recht. Ich schätze, besser spät als nie. Außerdem ist es schon cool, wenn auch zugleich ziemlich verrückt, einen alten Glam Rocker als Dad zu haben!

Ich schwinge die Beine aus dem Bett und ziehe mir irgendwas an.

Falls ich beschließe, Mum zu verzeihen, dann bedeutet das nicht, dass ich sie so leicht davonkommen lasse …

7.45 Uhr: Küche

»Wie geht's dir heute Morgen, Schatz?«, sagt Mum und gießt mir eine Tasse Tee ein.

»Mir geht's gut«, sage ich.

»Hast du, äh, noch über das nachgedacht, worum ich dich gestern gebeten habe?«

»Hab ich, Mum«, sage ich. »Und ich habe entschieden, dass ich dir fast sicher verzeihen kann. Aber hier müssen sich ein paar Sachen ändern. Ich meine, grundlegend ändern.«

»Was denn zum Beispiel?«, sagt Mum und sieht besorgt aus.

»Setz dich erst mal«, sage ich.

Dienstag, 7. Juli

14.00 Uhr: Gelockt und Gefärbt

»Verdammt noch mal, halt still«, sagt meine Schwester. »Oder willst du das Ding ins Auge kriegen?«

»Lass mich mal überlegen«, sage ich.

»Nicht reden!«

Ich frage mich noch, ob es eine gute Idee war, mir das Ohr von meiner Schwester piercen zu lassen. Ich bin ihr allererster Kunde damit, und sie wirkt sogar noch nervöser als ich.

»Warte mal«, sagt sie, während sie mit dieser Heftmaschine vor mir steht. »Bist du dir absolut sicher, dass das nicht das Schwulenohr ist?«

»Ja! Zum neunmillionsten Mal. Ja!«

»Okay, dann also los.«

Es ruckt, tut kurz weh und dann bin ich erst mal erleichtert, weil ich noch atmen und mit beiden Augen sehen kann.

Meine Schwester tritt einen Schritt zurück und mustert mich kritisch.

»Warte mal«, sagt sie. »Das Ohr auf meiner linken Seite ist eigentlich dein …«

»Hä?«, sage ich.

»Ach nichts«, sagt meine Schwester. »Gar nichts. Wow, sieht toll aus. Steht dir echt.«

Sie zeigt es mir in einem Spiegel und es sieht wirklich gut aus. Juhu, Ziel Nummer 5 auf meiner Liste kann ich abhaken!

Mittwoch, 8. Juli

15.45 Uhr: Shopping mit Ned

Inzwischen komme ich schon ganz gut mit Ned, ich meine … mit Dad klar. Heute gehen wir in Steve's Music Emporium einen Verstärker kaufen!

»Ein Fünfzig-Watt-Gerät sollte reichen«, sagt Ned und dreht seinen Rollstuhl ein Stück, um sich besser umsehen zu können. »Fünfzig Watt werden in deinem Zimmer sogar ziemlich laut sein. Das dürfte deine Mum und deine Schwester schon gehörig nerven.«

»Cool«, sage ich.

Ned grinst und sagt: »Okay, probieren wir doch mal den hier.«

Ich stecke den Dagger of Death (wie ich meine Gitarre inzwischen liebevoll nenne) in einen Peavey ValveKing, drehe die Knöpfe auf zehn und fange mit *Seek and Destroy* von Metallica an.

Es gelingt mir, zwanzig Sekunden lang zu spielen, bevor Steve herbeieilt und den Stecker rausreißt.

Donnerstag, 9. Juli

18.10 Uhr: Küche

Ja! Ich bin jetzt stolzer Besitzer eines Piercings und eines sehr lauten Verstärkers! Außerdem hat Mum sich gerade damit einverstanden erklärt, dass ich mir die Haare bis zu den Schultern wachsen lasse!

»Bei Vorstellungsgesprächen oder solchen Sachen kannst du sie dir dann ja immer zusammenbinden«, sagt Mum, während sie die Tischdecke ausschüttelt. »Ich habe ein paar von diesen Metal-Typen mit zurückgebundenen Haaren gesehen. Das kann sogar ganz ordentlich und anständig wirken, wenn sie gewaschen und gekämmt sind.«

»Na klar«, sage ich. »Ähm, weil du gerade Metal-Typen erwähnst, Mum. Es gibt etwas, das ich diesen Samstag total gern machen würde.«

»Und zwar?«, fragt Mum.

Freitag, 10. Juli

9.00 Uhr: Allerheiligstes

Nachricht von Becky: Ja, ich hätte total Lust mitzukommen. Danke, dass du mich einlädst XXX

Oh mein Gott! Morgen habe ich meine erste richtige Verabredung mit einem Mädchen!

Einem echten Mädchen.

Und wir gehen nicht bloß zu Morrison's, zum Busbahnhof oder vielleicht in den Park. Wir reisen in ein anderes Land!

Samstag, 11. Juli

16.00 Uhr: His Master's Voice, Glasgow, Schottland

Ich komme mir ein bisschen blöd vor, Alexi Laiho zu bitten, den Dagger of Death zu signieren. Die meisten Leute haben CD-Hüllen oder Autogrammalben dabei. Niemand eine Gitarre, und schon gar keine riesige grüne. Aber jetzt ist es zu spät. Ich kann sie ja schlecht unter meinem Pullover verstecken. Hoffnungsvoll drehe ich mich zu Becky um, aber das wäre trotz ihres üppigen Vorbaus auch von ihr zu viel verlangt.

Becky und ich stehen in einem großen Plattenladen in Glasgow in einer Schlange, an deren Ende Children of Bodom sitzen. Ja, sie sind hier. Sie selbst, höchstpersönlich!

Ich staune immer noch darüber, dass Mum mir erlaubt hat, herzukommen. Sie hat es sogar bezahlt! Ich weiß, dass sie sich Sorgen macht, wir könnten verlorengehen oder entführt werden oder so, aber sie hat selbst zugegeben, dass sie mich mehr machen lassen muss. Außerdem wird sich ihre Sorge gelohnt haben, wenn ich ihr das »Locally Made All-Butter Shortbread« schenke, das ich für sie, Ned und Nan gekauft habe!

»Jetzt komm, Josh«, sagt Becky.

Vor mir ist eine kleine Lücke entstanden, und ich beeile mich, sie zu schließen. Dabei stoße ich allerdings mit dem Wirbelbrett meines Dagger of Death an den Hinterkopf von einem riesigen Metalhead, der genau vor mir steht. Als er sich umdreht, ist vor lauter Haaren nur sein halbes Gesicht zu sehen. Er erinnert an eines dieser Hochlandrinder, die sie hier haben, nur wirkt er weniger intelligent.

»Sorry, Kumpel«, sage ich.

Er wirft mir einen Go-f***-yourself-Blick zu, aber wenigstens sieht er nicht aus, als würde er mich gleich aufspießen. Immerhin.

Ein paar Meter vor mir übergibt gerade irgendein Klugscheißer Janne (dem Killer-Keyboarder) eine Flasche Jack Daniels. Verdammt, ich habe nur ein halb leeres Tetrapack Johannisbeersaft und ein paar Shortbread-Kekse bei mir. Irgendwie bezweifle ich, dass das genauso gut ankommen würde. Warum habe ich nicht an ein Geschenk gedacht? Wenigstens habe ich mein Bodom-T-Shirt angezogen.

»Du bist der Nächste«, sagt Becky aufgeregt.

Ich schaue hoch und Alexi Laiho sieht mich an. »Hey, Kumpel«, sagt er. »Soll ich auf der unterschreiben?«

Ich gebe ihm den Dagger of Death.

»Coole Gitarre«, lügt er.

»Danke«, sage ich. »Hat meinem Dad gehört. Er war Mitglied in einer Rockband. Glam Rock, leider. Aber das Genre hat ja auch ein paar härtere Subgenres hervorgebracht …« Hör auf zu labern, du Idiot!

Alexi signiert die Gitarre, und dann, kurz bevor ich sie zurückbekomme, fängt er an, einen Song darauf zu spielen! Und nicht irgendeinen, sondern *Bed of Razors*, einen meiner absoluten Lieblingstitel!

»Klingt gut«, sagt er, während er mir den Dagger zurückgibt.

Ich habe ein bisschen weiche Knie, und ein kleiner Junge hinter mir macht es noch schlimmer, als er mich mit dem Fuß anstößt, damit ich weitergehe.

»Geht's da verdammt noch mal weiter?«, schreit jemand weiter hinten in der Schlange.

»Genau, mach schon, du englischer Trottel!«

Widerwillig, aber glücklich schaffe ich es endlich, mich loszureißen und den Laden zu verlassen. Wow. Wie hammergeil war das denn?!

Wir gehen noch ein bisschen für Becky shoppen, dann kehren wir zum Bahnhof von Glasgow zurück. Überall teilen wir die Menge mit dem majestätischen, frisch signierten Dagger of Death. Die Rückfahrt mit dem Zug dauert zwar gefühlte fünfzig Stunden, aber sie ist es wert.

»Kann ich dich was fragen?«, sage ich, nachdem ich die Gitarre endlich im Gepäckfach verstaut habe und mich auf meinen Sitz fallen lasse.

»Klar«, meint Becky.

»Was genau gefällt dir an mir?«

»Na ja, du bist nett«, sagt Becky.

»Ach ja?«

»Wie an dem Tag, als du in Erdkunde alle Fenster aufgerissen hast, um die Biene rauszulassen.«

»Stimmt«, sage ich und erinnere mich. »Damals haben alle gesagt, ich sei ein idiotischer Bienenliebhaber.«

Becky nickt. »Ich habe auch ein weiches Herz, wenn's um Tiere geht«, sagt sie. »Einmal habe ich mir am Bahnhof Croydon einen überteuerten Brownie gekauft und dann die Hälfte davon an eine einbeinige Taube verfüttert.«

»Das klingt nach mir«, sage ich. »Okay, tierlieb. Sonst noch was?«

»Du spielst gut Gitarre.«

»Gitarrenguru, ja.«

»Aber vor allem bist du so schräg«, sagt sie.

»Ich bin nicht schräg«, sage ich.

»Doch. Bist du«, sagt Becky.

»Nenn mir ein Beispiel dafür, dass ich schräg bin«, sage ich.

»Tja, als Erstes sind die meisten deiner Freunde auf Facebook Frettchen.«

»Genau genommen«, erkläre ich, »nur die Hälfte –« Bevor ich den Satz beenden kann, beugt Becky sich zu mir und gibt mir einen langen Kuss. Ja! Endlich ist auch die Nummer 1 auf meiner Liste geschafft. Ich kann's kaum erwarten, nach Hause zu kommen und das in meinem ledergebundenen Notizbuch abzuhaken.

Ist ein Frettchen das richtige Haustier für mich?

Frettchen sind wahnsinnig süß. Sie sind viel niedlicher als Hundewelpen, Katzenbabys und sogar als diese lustigen kleinen Eulen, die nur so groß sind wie ein Big Mac und einen anblinzeln, während sie den Kopf langsam rotieren lassen. Aber ist ein Frettchen das richtige Haustier für dich? Die Antwort lautet: Wahrscheinlich nicht. Sorry.

Die Sache ist die: Frettchen (wenn möglich leben sie am liebsten paarweise) brauchen viel Zeit und Platz und kosten viel Geld und Aufmerksamkeit. Man muss einen ganzen Haufen Zeug anschaffen: einen richtig großen Käfig, ein Katzenklo, Näpfe fürs Fressen, Spielsachen und alle möglichen Sorten Futter und Snacks. Außerdem muss man sich auf Folgendes gefasst machen: 1) die eigenen Sachen werden kaputtgemacht; 2) das Frettchen büxt aus; 3) es stinkt!; 4) man wird gebissen. Und diese Bisse können echt wehtun!

Der größte Nachteil von Frettchen ist aber, dass es so viel Zeit kostet, sich um sie zu kümmern. Ein Teil davon macht Spaß, etwa das Spielen, und das sollte man jeden Tag tun. Aber zwei Stunden lang einen Frettchenkäfig zu schrubben, das macht keinen Spaß, es sei denn, man ist Sauberkeitsfanatiker. Und in diesem Fall sollte man sich erst recht kein Frettchen zulegen!

Viele traurige Frettchen werden ausgesetzt oder in Tierheimen abgegeben, weil Leute dachten, sie bekämen ein unkompliziertes, lustiges Haustier. Das Problem ist, das war eben nur die halbe Wahrheit!

Tom Clempson

Warum diese Woche völlig in die Hose ging

448 Seiten, ISBN 978-3-570-40242-9

Jack Samsonite (alias Sam Taylor) hat drei Ziele für diese Woche: 1. Eleanor, das Mädchen seiner Träume, zu erobern, 2. die GCSE-Abschlussprüfung zu bestehen und 3. nicht zu Brei geschlagen zu werden. Das sollte eigentlich nicht so schwer sein. Aber Jack schafft es, den Zorn des fiesesten Schlägers der Schule auf sich zu ziehen und bei seiner Jagd nach Eleanor seine beste und coolste Freundin Em abgrundtief zu kränken. Alles in einer Woche. Da hilft nur noch Katastrophenmanagement und Humor...

40195

cbj

www.cbj-verlag.de

Josh Lieb

Ich bin ein Genie und unsagbar böse

288 Seiten, ISBN 978-3-570-40138-5

Oliver Watson ist zwölf, und sein IQ entspricht in etwa dem der gegrillten Sandwiches, die seine Mutter ihm tagtäglich vorsetzt. Das glauben zumindest alle, die ihn kennen. Doch weit gefehlt: In Wahrheit ist Oliver das größte Genie auf Gottes Erden und zugleich der drittreichste Mensch der Welt. Nur zweierlei hat er noch nicht geschafft: Den Respekt seiner Mitschüler und die Achtung seines Vaters zu erringen. Deshalb beschließt Oliver, sich für die Wahl zum Klassensprecher aufstellen zu lassen. Das zu schaffen kann ja wohl nicht schwerer sein, als undercover ein Weltimperium aufzubauen. Denkt er ...

cbj

www.cbj-verlag.de

40098

Chris Bradford

BODYGUARD

Der 14-jährige Martial-Arts-Experte Connor Reeves entspricht nicht gerade dem, was man sich unter einem typischen Bodyguard vorstellt – und genau deshalb ist er so hervorragend geeignet für seinen neuen Job: Er wird für eine geheime Einheit hochprofessioneller junger Bodyguards angeworben, die jugendliche Stars und die Kinder superreicher Eltern begleiten sollen. Denn wer könnte sie unauffälliger beschützen als ein Gleichaltriger? Nach einem gnadenlosen Training heißt es dann für Connor Reeves bei seinen brandheißen Aufträgen: *Und Action!*

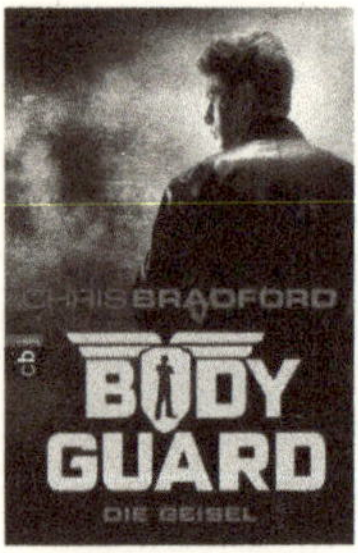

Die Geisel
Band 1, 480 Seiten,
ISBN 978-3-570-40275-7

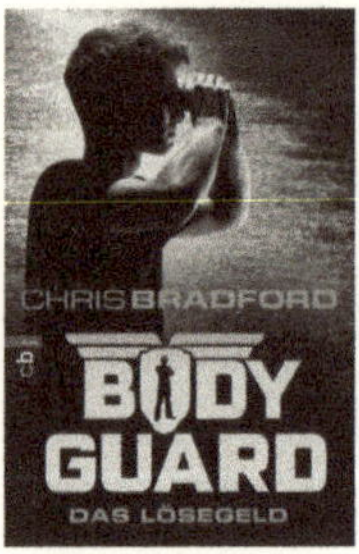

Das Lösegeld
Band 2, 480 Seiten,
ISBN 978-3-570-40276-4

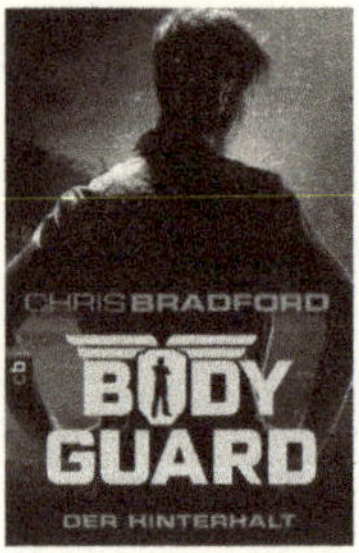

Der Hinterhalt
Band 3, ca. 448 Seiten,
ISBN 978-3-570-40315-0

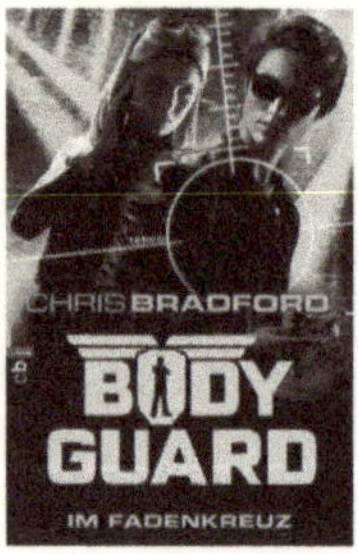

Im Fadenkreuz
Band 4, ca. 350 Seiten,
ISBN 978-3-570-40316-7

40300_4

cbj

www.cbj-verlag.de